―――――― 阅读之前 没有真相

午 夜 文 库

细红线

[日] 飞鸟高 著
穆迪 译

新 星 出 版 社　NEW STAR PRESS

主要登场人物

户塚一郎　　　水道公团管理部验收课员工
野村作次郎　　在 T 钢管销售课任职
佐佐木　　　　水道公团管理部验收课第一股股长
樋口利男　　　家具工匠实习生，小混混
细谷　　　　　在运输店工作的青年
森井八郎　　　D 水泥会计部长、总裁
大友道也　　　在 D 水泥会计部任职
国安敏子　　　大友的同事
鹿岛笃子　　　裁缝店店长
关山信太郎　　关山秘密侦探社的侦探
鸣濑　　　　　川岛医院副院长，外科医生
佐仓　　　　　川岛医院外科长
川岛　　　　　川岛医院院长
久野　　　　　警视厅搜查一课的老刑警
田岛　　　　　与久野搭档的 S 警察署的刑警

目录

1	第一章　谷底的人们
59	第二章　黑暗的青春
109	第三章　扭曲的情事
165	第四章　螳螂之斧
230	获奖感言
233	人世间

第一章　谷底的人们

1

白天的时间变得长了一些。

下班的人群就像是受到良好训练的动物一样，从四面八方的人行道横穿斑马线，向车站巨大的水泥房檐下汇集。

人潮带着一种独特的嘈杂，以及仿佛怀有什么共同目的却又说不清是什么的气场。汇集而来的人流从车站两边涌入房檐下。在那角落里建有一个四方形的小房子，柜台上摆着好几部红色电话机。旁边围着的人跟电话机的数量几乎相同。

"……哎，你真的快点来啊。快受不了你了，老是迟到……嗯，嗯……没那回事儿……那我先过去了哦……真烦人……又说那种话……嗯……瞎说什么呢，我没事。反而是你……那我就在入口等你哦，可不许再让我等太久……"

一个穿着黄色毛衣，白皙的脸颊圆嘟嘟的女孩放下了话筒。话筒马上被另一只手抓了起来。女孩从人群间穿过，离开了柜台。

户塚把握在手里的带着体温的十日元硬币投进投币孔，转动拨号盘。等呼叫声响起，他呼出一口气，目光投向眼前来往的人群。

他还不到三十岁，但眼中的神色比实际年纪看上去老多了，透着不容掉以轻心的冰冷。他薄薄的嘴唇发黑，缺乏光泽的脸颊凹陷，几乎贴着骨头。那整体看上去宁静的面孔述说着他至今为止从未在自由的地方、按自己的意愿工作过，而仅仅是隐身在巨大的组织中，每天都在调查他人做的工作。

等呼叫声停下，传来对方应答的声音，他说：

"喂，我是户塚。"

说完他仔细听了一下，像是在确认对方的反应。

"野村在吗？"

电话那边换了人。户塚压低了声音说道：

"哦，那什么，现在想见个面。啊？不，有点事儿想深入谈一谈。那当然是可能会出大问题的事儿……不，很紧急……哦？你说什么？这可愁人了。是家里有人得了急病……嗯……那样的话，野村，希望你抽点时间出来。啊？那当然是工作上的事儿啦。不是叫你出来玩儿的。当然了，你那边要是无所谓的话，那不管也行。不过我想难做的是你那边哦。所以说啊，一起商量一下嘛——不能在电话里说，不是那么简单的事儿。我想这会影响你们买卖的。现在你们也做大了，不过我们每个月给的几千万的活儿要是丢了怎么办啊。要是说你们不在乎我们的话，那也行……你说是吧……唉，说起来，这次你给我们交货的铸铁管还没验收呢。交货期是这个月二十号，只剩正好一周的时间了。要怎么办？嗯，所以说啊，也有这事儿，总之像这种事儿必须跟你聊聊。要是突然让你们总经理出面，大家都会为难吧？啊……嗯。那好吧。我去你那儿等你。嗯，嗯……"

户塚放下话筒，也不往周围看一眼，换上一副平静而愁苦的表情，双手插进长外套的口袋里走开了。他逆着人潮向车站外边走去。

他看起来对迎面走来的众人都漠不关心。在大众之中，他的职权没有任何用途，而在职权没有任何用途的地方，他就会丧失兴趣。

来到出租车乘车点，导乘员打开了车门。一个拿着行李的中年女人奔过来推开户塚坐上了车。户塚安静地让开身子，坐上了下一辆车。

2

银座的小巷里，在一家外观不怎么起眼的饭店前，户塚下了车。他对迎出来的老板娘说：

"麻烦你了。"

说着用下巴指了指出租车。

店里还很安静。他跟着老板娘，顺着一尘不染的走廊往里面走去。

"野村来过电话了吧？"

"是的，来过了。"

老板娘打开了小房间的隔扇。

"应该马上就会过来。"

户塚背靠壁龛的粗柱子坐下，伸直腿，点了一根烟。老板娘端着热毛巾和茶水进来了。

"天气暖和多了呢。"

"是啊。"

户塚答道。

夕阳从地板边上的小窗户照进房间的角落，榻榻米的表面十分冷。

"马上为您上菜吗？"

"算了，等野村来了再上。"

户塚用热毛巾慢慢擦了擦脸，然后把毛巾扔回托盘上。

"您还是那么忙吗？"

"差不多吧，有不少事儿。"

"野村先生应该马上就到，请您稍等。"

老板娘端着毛巾出去了。

户塚沉着冷静的目光落在了对面褐色的土墙上，吐出一口烟。

他一根烟还没抽完，隔扇就打开了。

"让你久等了。"

野村把一个旧手提包和可能是刚在百货店买的一个大箱子放到房间的角落后,在户塚面前坐下,然后从口袋里掏出香烟盒放在桌子上问道:

"发生什么事了?"

野村大睁着眼睛,似乎很疑惑。一张晒得黝黑、不太有活力的长脸探到户塚面前。脏兮兮的全是褶皱的衬衫衣领上挂着一条细细的深蓝色旧领带。他用关节粗大的手指抽出一根烟,在桌子上砰砰敲了起来。

"唉,这事儿要慢慢说。"

"是嘛。你不是说有什么重大的事情吗?"

"嗯,是啊。"

户塚瞥了一眼正在往桌子上摆餐具的老板娘。老板娘往二人的杯子里倒好啤酒后,野村把酒杯举到眼前。

"请——"

他小声说着,机械式地把酒杯送到嘴边。户塚沉默地点了点头。之后两个人什么也没说,只是慢慢地边喝边动筷子。

"小智,不好意思,你能回避一下吗?"

过了一会儿,户塚对老板娘这样说。等老板娘离开,户塚望着还剩半杯的啤酒,用含糊不清的声音挑开了话题:

"M工业被检举的事儿你知道吧?"

"嗯,报纸上登了,两三天前。和××部的股长一起……"

野村也放下了杯子,双手垂放到桌子下面。

"尽管有问题的是××部，不过其实我们这边跟 M 工业也有关系。他们的外交方式太出风头，结果发展下来就成这样了。昨天，我们合同课有位股长被警视厅叫去问话了。"

"是芝田吗？"

"就是他。倒不是被羁押了，不过警视厅好像还在继续进行秘密调查。都查到芝田了，我这儿的股长也危险了。"

"佐佐木？"

"是啊。我们的股长也跟 M 工业关系相当密切。这些我都知道。"

"是嘛。"

野村像是想掩饰内心的冲动，露出一丝浅笑看着桌面。

"我们的股长要是被查到了，那可不光是 M 工业的事儿。那老头胆子很小，只要稍微吓他一下，估计就全招了。你们也干了不少吧？那个人……"

"我想没什么大事。我和那位没多少接触。"

"你们的销售课长经常来哦。"

"嗯，那是……"

"他说××部有位股长被抓了，顶多就是两万或三万的事儿。"

"哦，不过我们这边就算有个万一，也不会做出给大家带来麻烦的事儿的。"

"就是说这个。这点上希望你们能尽量周全点儿。要是搞成那样，对你们公司而言也是事关兴衰的生死关头啊。"

"是啊。"

"希望你们好好商量，姑且先采取些措施，比如烧掉有可能成为不利证据的资料之类的。如果你做过什么记录，那东西也希望你烧掉。"

"我会做到万无一失的。"

"但是啊……"

户塚沉思起来，拿起啤酒瓶给野村的杯子里倒上，也给自己添满。

"我觉得吧，佐佐木那边可能会搞出不少东西来。毕竟对方是警察。"

"没事的。"

野村低喃道。

"你说没事，野村，你能保证吗？你不也没有被警察调查的经验吗？"

"那些事儿从现在就开始战战兢兢的也没用啊。先打起精神喝两杯吧。"

"但要是有个万一，事情就麻烦了。"

"我知道。没什么可害怕的。我这边是光明正大的。"

"可能你是吧。你又不是负责人。不过你上头的课长还有总经理可是这个哎。"

户塚伸出双手在面前交握住给野村看。

"野村啊,你因为自己没事儿就放心了,这可要不得。要是公司倒了你也不好办吧。"

户塚眼角泛红,视线锐利起来,像是有些生气。

"那当然是。"

野村说。

"我担心的不只是我自己的事儿。我想的是怎样才能不让大家难做。"

"嗯,我明白。"

野村嘴上这么说着,声音里似乎带着厌烦,或者分神在想别的什么事。户塚不满地看着野村。

"来,喝一杯。"

他说。

"好。"

"好吧,那叫几个女人来。今天一天快憋坏了。先放松一下心情,今晚喝个够。"

户塚身体倒向一边,伸手抓起直通柜台的电话。野村茫然的视线投向他,像是在远远眺望什么一般。

3

户塚醒来的时候,房间里只有他一个人。桌子上收拾得干干净净的,不见野村的身影。他的脸色呈现酒醒后的苍白,只有眼睛发红浑浊。

"浑蛋——"

他一把掀开盖在身上的毛毯站起来,离开房间到走廊上,往柜台走去。

"喂,野村走了吗?"

他靠在柜台入口的柱子上。

矮胖的老板娘眯起眼睛笑着说:"醒了啊?"

"没跟你说醒不醒的。野村怎么回事儿?那家伙真是岂有此理!"

"这个啊,野村先生说今天晚上家里有事儿必须赶回去。而且户塚先生睡得很熟,他说要先走就回去了。"

老板娘像是在安抚他,每次停顿话尾声调都微微上扬。

"喊,我也没喝多少,那小子把我灌倒就开溜了。"

"因为户塚先生每次喝了酒都会睡着……"

"我就是这么真诚。跟野村那种无赖不是一回事儿。我是个真诚的、有前途的单身汉。老板娘,几点了?"

"已经十点半了。"

"好了,我要走了。"

户塚脚步踉跄地离开靠着的柱子,向玄关方向走去。

"等一下,等一下——"

老板娘站起来追上户塚,从怀里掏出一个白色的信封。

"这是野村先生让我交给您的。"

"什么？"

户塚接过信封，眼睛里忽地浮现出仿佛恢复了清醒的光芒。信封里放着一张便笺纸。

"什么？'今天有急事不得已先行离去，非常抱歉。之后的事情请多照顾'——哼，什么请多照顾。"

户塚往信封里看去，里面放着一张竖着对折的五千日元纸币。他连信封一起塞进了口袋。

他没回头看老板娘，脸上呈现出如同把自己封闭在壳里般阴暗的拒绝表情。他穿上鞋，充耳不闻背后老板娘说话的声音，走到了店外。

这条路上随处可见面向大马路而建的大楼的背面。这些楼房都黑着灯，在安静地沉睡。而楼与楼之间，有一些咖啡厅或酒吧立着小小的不显眼的招牌。户塚略显飘忽的脚步用力踏在地上，仿佛在默默忍受着什么，用尽全身力气走着。

他的走路方式看起来既像有某种目的，又像没有。转过两个弯是一座桥，过了桥有一栋建筑物，门前摆着一个带红色灯的招牌。他用肩膀顶开门，走了进去。

昏暗窄小的店内，柜台的前面和后面同样狭窄。户塚侧着身从两三个客人背后穿过，坐到了靠里的椅子上。

"怎么了？"惠子来到他面前，用手背撑着小小的下巴问道。

"什么怎么了？"

"你好像没什么精神哦。"

"嗯。"

户塚手肘支在柜台上，不耐烦地揉着脖子。

"又有什么无聊的事儿了？"

惠子揶揄地笑了。她颧骨略高，细长的眼睛总是仿佛疲惫般不怎么转动。

"净是些无聊的事儿。"

"我看也是。你总是在抱怨。"

"是啊。要是不抱怨，谁会来你们这店呢。阴森森的，又小又潮湿。不就是为了让人抱怨的吗——你们也是。"

"我们是为了听人抱怨才在这儿的？"

"差不多吧。喂——"

户塚压低声音探身叫了一声。

"什么啊？"

"晚饭吃了没？"

"早吃了。说什么呢。"

"那明天的早饭我请你。"

惠子不出声，看着户塚的脸笑了。

"有个地儿提供的免费早饭很不错。"

"和谁去过？"

"没跟人去过。只是知道。"

惠子没说话，在柜台上摆上一杯威士忌和一杯水。

"今天晚上我想找个人陪。"户塚这样说。

户塚很有耐性地一直待到打烊。

那之后他邀请惠子，两个人一起乘坐出租车进了涩谷附近的一家酒店。房间是很新的日式房间。

一躺到床上户塚就把脸转向惠子，开始说起自己身陷怎样的情况。那是一种热切的说话方式。惠子趴着，下巴搁在枕头上，她把装在袋子里带过来的橘子的皮剥掉，一口一口地吃着。也不知道她的注意力主要是在橘子上，还是在户塚说的话上。

然而户塚似乎也对惠子能多专心地听他说话不抱什么希望。他的视线投向天花板的一角。

"这一来要是有个万一，我这辈子就完了。谁能救救我……我身无长物，要是不干公务员就完了啊。"

"可你已经做了很多事了啊，没办法嘛。"

惠子用留着长指甲的细细的手指仔细地剥开橘子。

"不是我想做才变成这样的，是所有事情搅和在一起才会变成这样。就算不是我，换个人站在我的立场，也会做同样的事。事情本来就会这么发展，不是为了我才变成这样的。上面的人，厂商的人那边，大家都是为了活下去才变成这样的。"

"如果佐佐木被检举了，你肯定完蛋？"

"肯定完蛋啊。我做了什么股长一清二楚，只是假装没看见而已。那是只老狐狸，厂商要是被查了那边大概也会出来……"

"上头的人没干？"

"干了啊。"

"佐佐木也知道上头的人干的事儿吧？"

"那人什么都知道。上头那伙人比我们干得高明得多。今年元旦去课长家做客，发现他不仅有整套高尔夫装备，电视就不说了，还有音响。而且还有两个孩子在上学。光靠课长的工资可付不起这些。"

"那现在有直接危险的只是佐佐木？"

"因为他和M工业有关系。"

"你没有吧？"

"我跟M工业没关系。"

"是嘛——"

惠子吃着橘子，像是明白了什么。

"事情挺不顺的呢。"

"要是丢了工作，我要干什么呢。惠子让你们店招我当员工吧。"

"那可不行。像你这样的人一来，客人就全都跑了。话说回来啊——佐佐木要是自杀了就好了呢。"

"嗯。"

"那样的话会跟你联系上的线就算断了吧？"

"大概吧。"

"佐佐木会不会自杀呢，不是经常听说贪污案的某某人自杀嘛。像佐佐木那样胆子小又老实的人很可能会出人意料地死掉呢。"

户塚沉默地看着墙，墙上映着床头灯水蓝色灯罩的颜色。两个人沉默了一会儿。户塚掏出烟点上。

惠子终于吃完了橘子，她身子一转对着户塚，耸耸肩，伸手放到了他的浴衣衣襟上：

"呆呆地想什么呢？"

她像是撒娇般低喃。

4

户塚点亮台灯，拿起放在枕边的手表，推了推惠子的侧腰：

"喂，醒醒。"

惠子默默地翻了个身。

"喂，已经八点多了。"

"八点？开什么玩笑，让我再睡会儿。"

惠子在被子里发出娇嗔。

"我要上班了。"

户塚下了床，掀开被子。惠子裹着编织浴衣的圆润身体滚到了一边。盖着防雨板、拉上窗帘的房间里很昏暗。

惠子不情愿地起来，进了浴室。里面传来放热水的声音。过了一会儿，她说：

"水温可好了，你不泡泡？很舒服哦。"

户塚打开一扇防雨板，盘腿坐在被子上，苦涩地抽着烟。

"难为我邀请你，你居然没有一点儿热情——我真不该来。"

户塚目光投向浴室的方向，但什么也没说。

等惠子终于出来了，户塚随后进了浴室。

早饭送来了，有吐司、咖啡及水果。户塚向女服务员要了便笺纸和信封。

"这就是很不错的早餐？"

惠子边剥煮鸡蛋的壳边说。

"水果新鲜，量又多，这就是不错的。"

"是啊。咖啡的量也很足呢。"

女服务员拿来了便笺纸和信封，户塚把这些放到了惠子面前。

"吃完之后帮我写封信。"

"写什么啊？"

"信啊。"

"写给谁？"

"写给我们课长。"

"要写什么？"

"你先吃完再说。"

等用完餐，户塚收拾好桌面，递给惠子一支钢笔，然后自己走到壁龛的装饰柱边靠着说道：

"课长认识我的字，我写的话他会看出来。女人的字虽然也不太妙，不过反正他迟早会知道这是找人代写的。"

"写什么嘛？"

惠子点上烟，发热的眼睛瞅着户塚。

"别用那种语气说话。听好，拿起笔来——一开始要写'前略'吧。"

"前略？"

惠子取下了钢笔的笔帽。

"前略——然后呢？"

"最近对××部的贪污案，当局的追查相当严……"

"等等，等等，贪污两个字怎么写啊？"

"贪心的贪和污染的污。"

"那个污染的污我不会写啊。"

"三点水，之后这么写。"

户塚伸出手指在桌沿上写。

"不会写的字你就写假名。"

"相当严，然后呢？"

"现已查到了贵公团①。就在下所知，几天前警察似乎要求

---

① 公团是指日本政府或地方公共团体出资组建的经营特定公共事业的法人。

合同课的芝田股长出面协助调查……"

"你说慢点儿啊。"

户塚点上了一根烟。

"警察似乎要求合同课的芝田股长出面协助调查？"

"对对。芝田股长跟M工业之间的关系可能受到怀疑。当局盯上的目标可以说是正中靶心，可跟M工业有关系的不止芝田股长一个人，贵课的佐佐木股长亦有相同关系。"

"亦有相同关系——啊，这话好生硬，一点儿都不像你说出来的。"

惠子看上去写得乐在其中。户塚慢慢说下去：

"而佐佐木股长不仅仅和M工业，还跟T钢管也有密切的联系。事实上他凭着在交货资材的检查上睁只眼闭只眼，从这两家厂商收取了大额钱财。当局会查到芝田股长，等于预告了不久就会查到佐佐木股长身上。如果佐佐木股长的事情曝光，那么您及贵课员工一行的名誉都会受损，并惹上极大的是非。

"为了不让事态发展至此地步，事先充分敲打佐佐木股长，并且准备好一定的善后措施，这是在下的警告——仅此而已。不，等等，不是警告，是忠告——这么写。"

"忠告……哦。"

惠子放下钢笔，户塚伸手取过便笺纸重新读了一遍。

"姑且先这样吧。接下来在信封上写我们机关的地址名称,管理部验收课长山村进阁下收。"

"可你寄这封信又要干什么啊?"

"这是一个铺垫,会怎么样到时看情况。课长大概知道芝田被警察叫去了,心里应该挺担心。我不知道课长跟M工业有没有关系,不过估计跟T钢管肯定有关系。我也不太清楚M工业那边,但很了解T钢管他们。这样一来,如果佐佐木被检举了,那T钢管一事也会摆上明面,所以我在信里这么写。如果我看得准,这应该是课长的痛脚。课长会着慌,他必须做些什么,大概会叫佐佐木来谈话。哪怕到了那个时候,他大概还以为自己做的事下属不知道,所以他不会提自己的事儿。我想他大概会说'你没问题吧?万一出什么差错要怎么办'。然后这家伙终于有了危险,也许会搞什么动作。"

"搞什么呢?"

"哎,比如说找个借口让他辞职,或者调走,然后想办法把一切都归咎到股长身上。"

"真可怜。就算课长没事了,那你会怎么样?"

"我啊——"

户塚咬住门牙,用拿烟那只手的大拇指按着门牙,看着惠子的脸:

"那个佐佐木股长你知道吧?忘了以前什么时候带他去过你们店里。"

"知道啊。一个小个子、额头发秃的老头。"

"那人是以前的工业专科学校出来的,一步一步才干到现在这样。他已经升不上去了,既不懂好好玩乐,也不知道女人,只对钱有兴趣。他马上就要退休了,离职金和慰问金是他唯一的依靠。他那人没胆子,给T钢管做事,也就盂兰盆节和年底能拿到一万日元左右。就这样他也觉得自己干的事了不得。万一受到惩戒免职,一切的一切都成了一场空。只要想到这点,他可能就会想到自杀。就算他想自杀,也没什么不自然的……"

"那就等那个人自杀吗?"

户塚露出极为不快的表情,把烟按灭在烟灰缸里。

"不是很可怜吗?"

惠子浮现出一个浅笑。

"说什么屁话,明明你自己也那么说了。"

户塚脸上呈现怒意。

"耗了一辈子都没当上多大的官,也没干出多了不起的事儿。上头那帮人干得更狠更大手笔。比如说他们决定了一个要用除了某一流制造商谁都做不出来的涡轮或变压器的项目,或者说计划建设大堤坝或运河,这些工作自然而然会落到某几家固定的厂商手里。要动用好几亿的资金。要是不在机关干了,就会平调到那些厂商担任要职——而且也不至于要搞出什么会被警察翻出老底这种上不得台面的事儿。"

"你这么说的话,那在信里提到佐佐木挺不好的吧。"

"可我怎么办?"

"你别摆出那么吓人的表情……"

"我也跟佐佐木股长没多大不同。干到退休,能干到课长就算出人头地了。时不时跟厂商喝酒,借点儿零花钱而已。没跟那些高层一样给国家造成麻烦。"

"知道了啦——这苹果你不吃?能给我吗?"

惠子把盘子里剩下的苹果塞进嘴里。

"好了,走吧。现在用当天到达的快件寄出去,也许傍晚就能收到了。"

户塚把烟放进口袋,站了起来。

5

户塚的科室在五楼,他顶着睡眠不足的眼睛进了办公室。大部分人已经来上班了。佐佐木也把早报摊在桌上,皱着眉专心地看着。

户塚坐到他旁边的桌子前,佐佐木微微抬眼,视线又马上落回报纸上。户塚拧了拧身子凑近股长那边,点着烟,喷出一口烟后说:

"合同课的芝田被叫走了吧,你知道吗?"

他视线落在烟头上,嘴里小声说。佐佐木从报纸上抬起头,没马上应声,而是扫了一眼别的座位。户塚对面的位子没人。

"谁跟你说的？"

"哎，合同课的朋友说的。不过好像不是被羁押了。"

"果然是这样啊……"

佐佐木的目光像是在沉思。

"不过芝田被查是因为 M 工业的事儿吧。"

佐佐木没作声，但不快的情绪浮现在了脸上。

"M 工业好像被查了不少。听说警察要彻底调查。"

佐佐木视线落在报纸上，但看起来不像在读报纸上的文字。

山村课长来上班了。他背对墙壁，一坐到桌前，马上就有女职员端来了茶水。山村小心地取下杯盖，慢慢啜着茶。身为课长的他也是老员工了。他面容端正，皮肤有光泽，穿着也很合体，看上去是个无可挑剔的男人。

放下茶杯，他一边从放待处理文件的箱子里拿出资料，一边叫了一声：

"佐佐木。"

佐佐木一副刚睡醒的表情，马上站起来走到课长的座位前。报纸依然摊开在桌面上。

户塚用有些夸张的手势拿起话筒，转动拨号盘。

"喂，我是户塚。对，野村在吗？哦？还没来。怎么了？哦？嗯……算了。顺便问一下你们那边没出什么事儿吧。"

户塚突然压低了声音。

"没有？这样，那就好……嗯，就这样。告诉野村我还会再联系他的，好的好的……"

户塚把装订成册的资料在桌子上摊开看了起来。

到了下午。

负责分发下午信件的女职员从户塚身后走过，要去课长位子的时候，户塚伸手拦住了她。

"让我看一下。"

"是给课长的哦。"

课长不在位子上。

"看看有没有跟我有关的信。"

户塚嘴上边说边迅速把信件翻了一遍，又马上塞回给女职员。

"好了？"

"嗯。"

信件里有一封是惠子的字迹，写着"管理部验收课长山村进收"的字样。

过了一会儿，山村回到自己的位子，户塚望向他那边。山村拿起放在桌子上的信件，一封一封看看背面又放到旁边。而拿起其中一封的时候，他的动作停住了。之后他草草看了一遍剩下的信件，把那封信撕开了。

从户塚的位置没法确认那是哪个信封，但山村读着便笺纸，眼睛如同被文字牢牢吸引住了。

没多久，那双眼睛突然转向户塚的方向。户塚迅速收回目光，落到桌子上的资料上。佐佐木正摊开交货物品的检查调查书，用红笔指着上面的琐碎数字一条一条看。

户塚再次看向课长，此时山村正把那白色的信封对半折起塞进裤兜，然后如平常一样在桌子上摊开了其他资料。他已经不再往户塚那边看了，而是以一个几乎用肩膀覆盖住桌面的倾斜角度，往一份又一份资料上用力地盖章。

"成绩很不错呢。"

佐佐木股长嘀咕着。待户塚看向他，他说：

"T钢管交来的高压管好像没一个不合格的。"

"哦，不错嘛。"

"已经可以把T钢管放到A级了吧。"

公团将承包或供货的厂商划分为ABC三个级别，指名投标及缔结合同的时候，根据金额从不同的级别中选择厂商。除了一流的制造商以外，跟公团合作的中小企业都是从C级别开始，随着实绩慢慢提高，逐次升为B、A。级别的评定在内部的会议上决定，而在会议中以验收课的意见为重。T钢管约五年前开始跟公团合作，供应给排水的水管及水泵等，同时也承包工程。而在这期间T钢管的资本金翻了三倍。

"嗯啊——"

户塚含糊地回应。佐佐木意味深长地看着他，仿佛想说提升 T 钢管级别这事儿也不应该有异议啊。

"是不是应该更慎重点儿决定呢,在这个关头?"

"是嘛。"

户塚一这样说,佐佐木像是突然回过味来,露出胆怯的表情。他视线转回到资料上,又开始用红色铅笔追逐数字。

等到了下班时间,大房间里突然热闹起来。其中有人像是累坏了般举高手臂伸展着,有人把手中的铅笔"啪"的一声扔在桌子上,有人打开或关上抽屉。这是办公室里最有活力的时间,可也只不过是非常短暂的时间。

"佐佐木。"

夹杂在各种声音中,课长叫道。户塚几乎和佐佐木同时看了过去。

"有点儿事要跟你谈谈,你留一下。"

"哦。"

佐佐木应声道,开始收拾桌面。从一排桌子靠边的年轻人开始,不断有人先站起来离开办公室。而身为领导的股长及课长基本都慢条斯理,看起来就像他们做的是非常重要的工作一样。

房间里的人如同退潮后的沙子般少了,四周安静下来。

"我先走了。"

户塚对佐佐木打个招呼后站了起来。

"哦,辛苦了。"

佐佐木弯弯腰掏出烟。山村课长仍在埋头看着什么资料。

6

第二天早上户塚上班的时候，佐佐木股长果然已经坐在他的位子上了，正低头专心读着报纸。户塚坐到他面前，他也没抬头。他脸颊上干巴巴的皮肤呈现发白的颜色。户塚沉默着吐出一口烟。

等户塚终于把资料在桌面上摊开，佐佐木叠起报纸放进了抽屉里。

"户塚，今天要出去吗？"他问。

户塚不看佐佐木，用手摸着脸，然后摆出一副思考的表情，像是故意想让人着急。

"今天啊——好像有一个出差检查吧，倒也不一定非得今天。"

"今天我有事想跟你商量一下。"

佐佐木的声音带着迟疑，有些低。

"现在吗？"

"啊不，下班的时候也……"

"这样啊。可以啊。"

户塚看了看佐佐木的脸。佐佐木的眼睛带着走投无路的悲伤神色，可被户塚一看，他立刻垂下了眼睛。

跟平时相比，户塚和佐佐木之间说的话少了。沉默的原因似乎主要在于佐佐木，但户塚觉得也有自己的原因。

户塚害怕这别扭的沉默会让佐佐木察觉到自己知道他心里在想什么。关于自己筹谋寄出的信，户塚不知道股长和课长之间谈了什么。关于信是谁写的，他们很可能在某种程度的讨论之上做了推测。

户塚想要打破这别扭的沉默，但总是不太成功。他心浮气躁地抽了不少烟，工作几乎没进展。

山村课长从早上就没来。户塚想找人问问课长去哪儿了，结果也没问到。

一天过去了。

到了下班的时间，佐佐木股长马上收拾准备离开。

"户塚，你知道什么地方便宜又安静吗？"

他用只有户塚能听见的声音说。

"我想想。小泉怎么样？"

"那是T钢管总去的地方吧？"

"嗯。"

"那不行。"

佐佐木的目光罕见地挑剔起来。

"为什么啊？"

户塚自己也不太明白为什么会抗拒地反问。

"你啊，那还不是因为现在正是困难的时候嘛。"

"我结账还不行吗?"

"行倒是行。不过呀,今天晚上还是算了吧。"

佐佐木语气不太高兴地把话说死了。户塚没吱声。两个人离开了办公室。

佐佐木把户塚带到了车站附近小巷里的一家小饭馆,他好像经常来这里。他们进了小饭馆,跟老板娘说几句话,进了靠里的一间三帖①大的房间。

坐到一张小矮桌前,用服务员拿来的毛巾擦过脸后,佐佐木第一次看着户塚的脸笑了。那是一个像松了一口气,却又说不上哪儿带着犹豫不决的轻笑。酒上来之后,佐佐木给户塚的杯子里倒上。

"这家饭馆就是这样,进的食材都是精挑细选的。"

佐佐木边说边把筷子伸向盘子里的生海胆。

"我很早之前就常来这里了,又便宜,用自己的钱就能喝上酒。"

户塚一声不吭地喝光了杯子里的酒。他不知道佐佐木会用怎样的方式把话说到正题上。

"户塚你多大来着?"

"二十七。"

"真年轻啊——"

---

① 日本计量单位,一帖等于一点六二平方米。

佐佐木感慨地说道。

"我还有两年就退休了。像你这样的年轻人是不会理解这种心情的。"

"大概会舍不得吧？"

"哎，舍不得是舍不得。不过不实际体会也不会明白那种舍不得的心情的。这个世界像一条大河在流淌，我就像被河流拍打到岸上的枯木，被留在了原地。我很清楚自己的人生就要在那里终结。我不知道除了舍不得还有什么表达方式，不过这种舍不得的感觉跟普通的那种舍不得不一样，比如被女朋友甩了那种……"

佐佐木不断给户塚倒酒，自己也不停地喝着。

"不知道你有没有被女生甩过，估计那也很寂寞。可那只不过是被一个人丢下的寂寞，而临近人生终点的寂寞更为糟糕。不是谁丢下自己走了，而是自己背对着大家离开——不到那个时候是不会明白的。"

户塚沉默地听佐佐木说话。他自己没什么可说的。

"我还有两年退休。希望能别出什么大的差错干到退休，这是现在的我唯一也是最大的愿望。这你也明白吧？"

"嗯。"

户塚看了看佐佐木的脸。佐佐木皮肤松弛的颈部附近有点儿红了，但是他应该还没醉。

"我是这么期盼的。"

佐佐木又重复了一遍，然后沉默了一阵子。

外厅传来其他客人和女人们不着边际闲聊的声音。被贴着墙纸的墙壁和日久发红的拉扇门隔开的这三帖大的房间里，沉淀着酒精酸涩的沉重空气。

"昨天下班的时候课长把我叫了过去。"

佐佐木仿佛自暴自弃般吐出一句。户塚缓缓抬起仿佛被阴影覆盖的眼睛。

"是为了T钢管的事儿。有人中伤T钢管和我的关系，传到了课长耳中。"

佐佐木看着户塚的眼睛。

"当然了，身为课长，到现在他也不是不知道。只是问题是，这件事是从外部传到课长耳朵里的。"

"从哪儿传来的？"

"不知道。"

"用什么方式？"

"这也不知道，课长不说。不过课长也说了不知道是谁传出来的。你有头绪没有？"

户塚别过脸。他的样子不像在回避佐佐木的视线，而像在思考什么，一脸沉静。

"会不会是跟T钢管竞争的同行？"

他用沉着的声音问道。

"课长也是这么看的。但就算是这样，也还是很麻烦。这个时候外面到处传这些话是非常麻烦的事情。"

"是啊。"

"老实说，T钢管对我这样的人也没做什么特别大不了的事儿。反而是课长有什么事儿。我这样的，只不过是逢年过节拿到点儿跟大家差不多的，因此也没有给他们行什么特别的方便。验收的实际工作基本也都交给你们了，对吧？"

"啊，是倒是。但是股长收到了礼品券之类的东西吧。"

"嗯，但那只不过是跟百货店的购物券差不多的东西，实际上在百货店跟商品券一样使用。我马上在百货店买了东西，所以跟收了东西差不多。"

佐佐木的语速有点儿变快了。

"但是不知道警察会怎么看。"

"你怎么处理的？"

"我换成现金喝酒用了。"

"这件事该怎么办呢？没什么办法能事先把这事儿抹掉吗？课长叫我必须这么做。"

"只是T钢管吗？"

"就是啊。出问题的好像只有这一件事，所以我想你要是能尽力帮我一把的话总有办法解决的。怎么样？"

佐佐木面前酒杯里的酒已经冷了。他圆圆的小眼睛里认真的神色愈加浓厚。户塚有些困惑，一脸不知如何是好地把酒杯送到嘴边。

"股长虽然这么说，但我觉得不仅仅是T钢管。"

"什么意思？"

佐佐木探身问道：

"首先不应该是M工业吗？M工业已经因为××厅的关系被检举了。顺着这条线芝田才会被叫走了不是吗？这才是现实的问题吧？"

佐佐木沉思着不作声。户塚的话里含着对佐佐木和M工业关系的怀疑。佐佐木没有马上对此反驳，也就是默认了。

"课长一直在担心T钢管那边的事儿，才会对股长那么说的吧？"

户塚一边连连发问，一边偷偷观察佐佐木沉下去的脸色。佐佐木默默点了点头。

"这可能是我的恶意猜疑，但课长就他个人而言担心的是T钢管那边，就是说他认为M工业那边暂时是安全的吧？所以才担心火会不会烧到T钢管身上吧？"

佐佐木歪了歪头，像是才意识到一个重大的问题。

"会吗？哎呀，很可能会。其实你可能不知道，T钢管的总经理跟课长是同学，最开始跟公团合作的时候也是找课长谈过的。"

"坦率地说，股长跟M工业的交往有多深？"

"这个嘛——"

佐佐木有些吞吞吐吐。

"唉，跟T钢管的交往差不多，并没什么特别的。真的。"

"但是××部的职员被检举也是因为逢年过节收的顶多两三万的东西哦。"

佐佐木看着户塚的脸。他那双眼里浮现出像是恼火和愤恨的光芒，但正一点一点转变成悲伤和哀诉的神色。

"你说要怎么办才好？"

最后他这样说。

"我跟你说，除了老婆，我还有三个孩子，两个还在上学。要是周围的人知道父亲因为这种事儿被警察带走，孩子们要怎么办？那么悲惨的事情我没法想象。你说趁现在的话，还能想想办法吧。"

"M工业那边我不太清楚。"

户塚脸色淡漠地垂下眼睛。而佐佐木紧盯着他的眼睛。

"没那回事儿吧。你不应该也知道嘛——"

佐佐木的眼里交织着愤怒和哀求，压低声音说话的嘴角肌肉僵硬地颤抖着。

"倒不是一点儿都不清楚。唉，不管怎么说，尽可能减少事实比较好吧，以防发生万一的情况……"

"也就是说？"

"之前有过M式水泥块的事儿吧？"

"那不是你说可以的吗？"

"开什么玩笑。是股长叫我那么做，我才做的。"

户塚像是刻意地用冷酷的语气说道。M工业制造销售水泥产品,其中一样产品是用在河流及灌溉水路的护岸上的M式水泥块。且不说是不是有特别功用,总之那是专利产品,在公共事业中被大量使用。

"但是,那我这边也算检验过了……"

"不好说,也就检验了全部的五分之一吧。"

"五分之一?"

"是啊。在东京的工厂生产的只是五分之一,剩下的都是在群马当地用不怎么样的设备生产的,而且也压根儿不知道在工厂生产的五分之一到底是不是送到了现场。目前使用的基本都是在现场便宜生产的吧,这些完全没检查,可股长在验收调查书上盖了章。"

"那不是一回事儿。"

佐佐木努努嘴。

"那是因为运输时损坏或者现场稍微有点儿不够,这些凑不成整数,才在当地采购而已。"

"一开始对外是这么说的。但M工业这点事儿是做得出来的,要说我们不知道也说不通吧。总之只检查了五分之一这事儿很糟糕。"

"那就说全都是我们自己生产的怎么样?"

"这些只要调查对方工厂内部的票据,或从运输方面入手就能查明。"

"那说我们去了现场检查怎么样？"

"那也不行啊。在现场生产的和我们这边工厂生产好送过去的，价格的构成内容会不一样。合同上的价钱是在我们这边有大型设备的工厂生产出来送到现场的价格。M工业为了赚取这中间的差价才那么干的吧？"

佐佐木苦涩地喝干已经冷了的酒，又机械性地往杯子里倒满。

"那要怎么办？"

"想办法尽可能让股长不受牵连如何？"

佐佐木沉默着用询问的视线看着户塚的脸。

"幸好付款好像还没完成，所以在这期间想想办法。报表应该还在流转中，没交到会计课。等会计课长盖了章，拿到出纳局长的盖章就完了。在会计课长看到之前，把我们这边交上去的验收调查书拿出来，然后换成实实在在写着只检查了五分之一的报表。这样的话，至少可以说我们这边没有不正当的行为，是没留意这点盖了章传出去的负责人的错。也就是大家都是无意犯的错误，没有恶意。"

"那能顺利拦下报表吗，还不让人发现？"

"这可以找会计课的女职员帮忙。我能跟负责接收报表的说上话。"

"那就能拿回来了吗？"

"这个嘛，就只能到时再看情况了。总之叫人知会一声，之后总有办法的。"

"但是那女职员不就知道我们做了什么吗?如果不能弄得天衣无缝……"

"也许会一定程度察觉到,但比起一目了然的证据要好得多吧。"

佐佐木无力地点头。

"来,酒都冷透了。再喝几杯。"

他给户塚的杯子里倒上了酒。

"然后T钢管的事儿也请你多帮忙了。"

"好。但是只要股长这条线不浮出水面,大概不用担心厂商先被检举。"

"唉,但是考虑到万一啊。要是T钢管的事儿拿到明面上来,对你应该也是很大的麻烦。"

"我知道——"

户塚脸上呈现出不高兴的表情。

"总之拜托了。我还有两年就能平安退休了,在那之前无论如何都不想出事——真是的,太傻了。这事儿拜托你了。就这样。"

佐佐木双手垂到桌面下,低下了头。他因酒醉而湿润的眼睛看起来像在哭泣。户塚像是看到了不干净的东西,移开了视线。

7

那之后过了几天。

佐佐木每天都会问户塚:

"那件事儿还没有消息吗?"

"还没。"

一听户塚这样回答,佐佐木就心事重重地点点头:

"不会已经付完款了吧。"

"没事,后来我看了看会计课的接收单。比起这个,T钢管那边比较麻烦。"

"怎么了?"

"平时总过来的一个叫野村的不在了,怎么都联系不上。很难往深了谈。"

"是不干了吗?"

"谁知道呢,但是眼下那边好像还没事。"

"总之你多注意。"

但是其中也有不好的消息,那就是合同课的芝田股长被捕了。

这个消息就像一片乌云在整个机关内扩散。等所有人都知道这件事之后,却谁都不提了。大家好像都在等着下次又会出什么事一样,笼罩在沉重紧张的气氛下。

任谁都能一眼看出,佐佐木股长的脸色消沉苍白。

"喂,那事儿还没消息啊。如果直接被警察没收了就麻烦了……"

佐佐木抬头看着户塚,就像他是唯一的救命稻草。

到了那天下午,户塚悄悄对佐佐木耳语道:

"刚才会计课的女职员联系我了。今晚留下来别走。"

户塚的眼睛闪着尖锐的光,脸颊的皮肤抽动着,如同干枯了一般。佐佐木像个孩子一样点头问:

"要怎么办?"

"今天晚上把调查书替换出来。明天会计课长会过目。"

"替换的验收调查书呢?"

"我来做。"

"课长的盖章怎么办?"

"这没办法,请股长代为盖章。日期就写课长出差不在的那天。"

"这样行吗?"

"总比现在要强。"

佐佐木又一次点头。

那之后佐佐木被课长叫了过去,课长又进了部长的房间。过了一会儿佐佐木哭丧着脸回来了。

"怎么了?部长说了什么?"

户塚问道。

"不,部长不在。其实很过分……"

"什么事？"

"课长说：'要是我们课出了什么事那都是你的责任。我只在你盖了章送过来的报表上盖过章，因为我信任你。'课长想要推卸责任。"

"高层的人都这样。大概课长跟T钢管的总经理深入谈过了。"

"但是，这太过分了……"

佐佐木的脸颊苍白，瘦小的身体因激动而颤抖。他掏出烟，烟盒的银锡纸发出嚓嚓的声音。

到了下班的时候，户塚把做好的验收调查书放在了佐佐木的桌子上。

"我先回去一下。"他故作轻松地低声对佐佐木耳语说，"等天黑了我再回来。请打开安全楼梯的窗户。让人看到就不妙了，我会从安全楼梯上来。"

佐佐木流露出悲伤的眼神，抬头看着户塚点点头。仅仅是替换验收调查书，这点事没必要非得佐佐木在场，户塚一个人也能做到。可关于户塚让佐佐木也留下来这点，佐佐木好像没产生一丝疑问。他这个时候似乎已经无法自己主动去想什么或采取什么行动了。

户塚离开机关，去了附近常去的一家咖啡店。在那儿他喝了一杯咖啡，跟一个相识的女孩子闲聊了一会儿。

离开咖啡店的时候，黄昏仿如薄而浑浊的烟雾一般从街道上渗透出来。他去了桥下的一家酒吧,两个女生正在店里打扫。惠子从铺着薄石板的狭窄壁龛由里往外扫,看到户塚站在店门前,她抬起头:

"欢迎。今天很早啊。"

"有事儿找你。"

户塚给惠子使了个眼色,自己走到了门外的路边。惠子跟着他出来了。

"怎么了啊?"

"吃饭了没有?"

"吃了啊。"

"几点吃的?"

"一个小时前。"

"还能吃得下吧。"

"你要请我?"

"对。"

"那等我肚子再饿一点儿。"

"不,必须现在。"

惠子疑惑地看着户塚。

"让那个女生干,你马上跟我走。反正天刚黑也不忙吧。"

"老板娘来了又要抱怨了。"

"那有什么关系。陪我一下。"

"有什么理由吗?"

"总之你跟我来。"

"那，你等一下啊——"

惠子转身进入店里，一边往身上套着一件绿色的毛衣，一边走了出来。

两个人肩并肩过了桥。桥对面繁华街的小巷里已经点上了灯。

"去哪儿？"

"哪儿都行。"

"我不太饿。"

"要是不想吃的话，那就能吃多少吃多少。"

"感觉好奇怪。"

"你什么都别说。而且是你一个人去，我不去。"

惠子似乎埋怨地看着户塚。

"我一个人去吃？"

"对。"

"傻不傻啊。算了，我回去了。"

"你一个人找一家店进去吃晚饭。"

户塚的声音没有起伏，似乎在刻意控制声线。他看起来并不在乎惠子的意愿，用一种仿佛在问"你到底在抱怨什么"的沉静目光盯着惠子的脸。

过了一会儿，惠子把视线从户塚身上移开，默默地往前走去。而户塚也开始四下打量，像是在寻找合适的饭店。

两个人沉默地在小巷里走了一会儿，时不时路过能用餐的饭店。每次户塚都往里看上几眼，好像在根据某种标准选择饭店。走着走着，在十字路口的转角处有一家相对较大，而且似乎挺有品位的饭店。透过玻璃窗户，能看见里面摆着铺有白色桌布的桌子。

户塚停下了脚步。

"这里？"

"我现在要去跟厂商的人见面，那人有重要问题。但是之后被人问起来的时候，我想说这时我自己一个人在这家店里吃饭。"

"我是替身？"

户塚点了点头。

"为什么要替身？"

"因为需要饭店的小票。你记住吃了什么，尽量点些不引人注意的、普通的菜。"

户塚递给惠子一张一千日元的纸钞，然后就像是已经忘记了惠子，或者说心思被别的事情夺走了一样，大步走开了。惠子目送户塚的背影离开，推开了饭店的门。

户塚叫了一辆出租车，回到了机关。他在离机关还有些距离的地方下车，走近机关大楼的后门。公团所在的大楼是老旧的租赁楼。这一带混杂着大大小小的楼房和木造建筑，可办公室居多，到了晚上安静而黑暗。

公团所在的楼呈コ字形，中间有一块空地，对着中庭设有安全楼梯。要进入中庭，要通过旁边的员工出入口，可晚上那儿应该锁上了，必须叫门卫来开门。楼旁有一块当成停车场的空地，停车场和楼的中庭之间只有一面高约一米八的水泥板墙。停车场的入口没有门。

户塚缓缓走进停车场，向水泥板墙走去。停车场里停着两三辆车。他用手一撑墙，一口气跳了上去。翻过墙跳进中庭后，他直接在原地蹲了下来。沉寂的黑暗包围着他的身体。这时他调节着呼吸，一边让心情平静下来，一边再次思考自己的计划。

他至今为止没杀过人，杀人好像是一件从别人嘴里听来的、想都没想过的遥远的事情。但是现在他想，人被逼到绝路、竟能轻易生出杀人的想法。这给了他一种奇妙的心安感，同时有种仿佛迷失了什么的茫然。

户塚认为佐佐木迟早会接受调查，这是理所当然的事情。而如果佐佐木被调查，自己的事也会全都见光，这是显而易见的。所以，他无论如何都必须将事态控制在佐佐木那边。要做到这点，让佐佐木消失是最为稳妥的方法。户塚在产生杀掉佐佐木的念头之后，无数次在内心对自己说必须要杀他的理由，或者更像是在给自己找借口，试图说服自己。这样的立场很奇妙。如果他有勇气更深地挖掘自己的内心，也许能找到一个尚未彻底接受杀人想法的自己。

但是他付诸行动了，事情进展基本都很顺利。佐佐木遭到了课长的问责。

他怕极了芝田股长会被逮捕。那是个胆小鬼，就算他跳楼自杀，肯定任谁都能接受他的动机。

应该有人注意到今晚佐佐木一个人留到了很晚，没有其他任何人在场。独自苦恼的佐佐木处决了自己，课长对当天问罪佐佐木一事应该会心有内疚吧。但是他也会安心的。而报纸上会登出贪污案中常见的"下级职员自杀"的报道。

光这样也许就够了。只要不怀疑死因，应该没人会追查。但是计划杀人的人，不得不更深入去考虑事情的方方面面。户塚想到了自己被问不在场证明时该怎么做。

因为他单身，所以在外边吃饭。他偶尔会在市内的餐厅里奢侈一次。离开机关，在咖啡店待了三十分钟。女店员大概会隐隐约约记得他吧，就算记得不是特别清楚也没关系。

他在那家饭店吃饭的事，恐怕警察要两三天或者更久之后才会问到。饭店的人不会记住每天那么多的客人，留下记录的只有付款的小票。小票上写着桌号、菜名、人数还有金额，但是不会写客人的性别和年龄，也不会写客人在餐厅里的时间，不过按小票的顺序也许能大概推测出来。

仅这些就足够了。户塚说的跟小票上写的一致，只要没有矛盾的地方，警察估计也只能相信。而且警察怎么会想到那天或许有另一个人在那张桌上点了那些菜呢？只要不留下任何其他不利的证据，他就比任何人都安全。

户塚抬头看向安全楼梯。沿着熄了灯的大楼墙壁，那被搭建在一起的铁架子勾勒出一个く字形通向上面。五楼窗口的灯也熄灭了。户塚想象着佐佐木在那儿屏着呼吸，等着他到来的身影。

户塚脱下鞋，单手拎着。安全楼梯的第一段对着他。脚底感受着铁的冰凉，他屏住了呼吸，开始轻手轻脚地爬楼梯。

8

到了三楼的转角平台，他背对着大楼望向远方。眼前是零星点缀着各色灯光的夜景，天空隐隐渗着浑浊的黄色。夜空下，一处处灯光仿佛象征着一个个在生活中挣扎的人。户塚感觉自己被远远隔绝在那些生活之外。围着他的铁楼梯冷硬而不怀好意，包裹他的黑暗带着敌意默然不语。

他爬到了五楼。铁楼梯继续向上延伸，出入口的门当然是锁着的，但是转角平台边上的那扇上下推拉式窗户正如事先说好的那样是开着的。转角平台边上的扶手高度正好跟窗户前方的边沿一样，所以要从窗户爬进去，就要踩在扶手上，向扶手外边的窗户方向探出去。

但是窗台的高度跟扶手几乎一样，所以一只脚踩在扶手上，身体稍微探出一点儿伸出手，就能抓住窗户的内侧。这样一来就可以用爬的姿势进入窗户。

回程要稍微麻烦一点儿。要是身体轻巧的人,也许可以蹲在窗台上,身体探到外边,一口气跳到转角平台上。但是若做不到这样,就只能和进来的时候正好相反,头留在窗台内,把脚伸出去,够向扶手的方向,一点点挪动身体往外爬。

要是有人先爬下去,那就可以从背后帮助后爬的那个人。但是他应该也可以在对方的身体几乎完全探出窗外的时候,抬起他的脚将他推到扶手外边,轻而易举让对方的身体掉下去。

"股长。"

户塚压着声音,从打开的窗户对着室内的黑暗叫道。房间里静悄悄的,没有任何应答。

"股长。"

他略微提高声音又叫了一次,但是寂静仿佛因此又加深了一层。

他把鞋子放下,踩上了扶手。扶手是用圆铁管做的。踩在扶手上的脚用力,身体弹起,手伸向窗台。就在这一瞬间,身体的平衡变得不稳,踩在扶手上的脚腕左右晃动。他的心脏一下缩紧了,但手还是抓住了窗台内侧。

跳到房间内,他轻轻地吐出一口气。房间里没有一处亮着灯,白色墙体上并排着显白的方形窗户。透过窗户,能看到几处闪烁的霓虹灯。窗户和户塚之间摆着黑色的桌子,上面放着各种资料。那看起来像是一头屏住呼吸、一动不动蜷缩着的野兽。

他走向自己的桌子。

"股长——"

他的声音在黑暗中扩散，像被吸收掉一般消失了。他走到自己的桌旁，旁边佐佐木的股长专用转椅上面坐着空虚的黑暗。他在那把椅子上坐下。桌子上一如平常收拾得很是整洁。他用手撑在桌子上看了看，离开之前他交给佐佐木那份要替换的验收调查书不在桌子上。

"怪了。"他想打破寂静，出声低喃道。

他盯着眼前的黑暗，感觉似乎被什么蒙住了眼睛。

户塚觉得困惑。佐佐木也许自己调换了文件。或者说相反，也许他放弃这么做，回去了。窗户之所以开着，可能是在等户塚来，也可能是中途改变了主意，忘了关上窗户。

会不会是等得太久，在哪儿打盹儿呢。可佐佐木应该不是那么心宽的人。

户塚站了起来，开始四下走动。他没有很明确的想法，只是下意识地在找佐佐木。一层楼的空间除了部长办公室及仓库和洗手间等，几乎大部分都是没有隔段的一个大房间，随处都有成排摆放的储物柜和书架，这些成了课室或部门之间的分界线。他在这些东西之间走动，像个安静的影子。

调换验收调查书这件事，并不是今天晚上最大的目的。对他而言，这件事就算跟M工业没有直接的复杂关系，但是可以防止佐佐木被检举，在这个意义上，间接是件好事。可要是没有他白天做好的那些文件，在这黑暗中他也没法重新做一份。

听到下面有人上楼的脚步声，户塚在黑暗中站住了。那脚步声有力而沉稳，佐佐木不会给人这种感觉。

来人爬完楼梯，挨着楼梯间的门被打开，手电筒圆圆的光圈无声在脚边晃动着。户塚终于明白过来，这是值夜保安来巡视。

他本能地当场蹲了下来，下一秒就听到咔擦一声，房间里的电灯一齐亮了。他感觉那光亮就像瀑布般击打在他身上，自己仿佛赤身裸体一样。

但幸运的是值夜保安和他之间有好几排桌子，户塚蹲着的身影应该不会落在保安眼里。值夜保安开始往房间里面走去。户塚竖起耳朵听着。脚步声大步横穿过房间，好像往安全楼梯那边走过去了。

等脚步声停下，响起了关上上下推拉式窗户的声音，和咔嚓一声上锁的声音。

"怪了。"

户塚听见上了年纪的保安声音沙哑的自言自语，然后是值夜保安向来时的方向走去的脚步声。房间里的灯熄灭，脚步声往楼上走去了。

户塚在黑暗中站了起来。找佐佐木似乎没什么意义了。

如果他在的话，值夜保安应该能看到他。不管是对值夜保安还是对户塚，难以想象佐佐木有什么理由要藏起来。佐佐木肯定已经不在这里了，户塚这样想。

户塚走向安全楼梯的方向，打开值夜保安锁上的窗锁，静静地把窗户推了上去。他能听见值夜保安在楼上的水泥地面上走动的脚步声。户塚翻过窗户，脚先伸出去够到安全楼梯的转角平台，等扶手的铁管到了腹部时，他考虑到值夜保安会再转回来看一次的情况，从外边用手指抠住窗户的边沿，拉了下来。

做完这些，他用手摸索着找到鞋子夹在腋下，下了楼梯。他感觉到一种无以名状的空虚感。原本必须要抓住佐佐木，下决心杀掉他的焦虑和不必杀人便可收场的安心，这两种感觉奇妙地交织在一起。

等下到二楼的时候，他看到下方有一个小小的白色物件。仔细一看，那白色的物体像是某样东西的一部分。上楼梯的时候往上看是看不到的。最后一段楼梯中途没有转角平台，直接到了地面。他略显急促地走完这段楼梯，绕到楼梯背面，走近从上面看到的那东西。

等走到距那东西几步远的地方，他发现那是一个人，同时也察觉到了那人是谁。他停下脚步凝视着。

佐佐木股长瘦小的身体趴在地上，上衣卷了起来，腿弯成了正常人做不到的角度。发秃的前额对着侧面，看起来发白。

户塚渐渐理解了事情是怎么回事。佐佐木自杀了。户塚坚信佐佐木要是自杀没有人会觉得奇怪，看来佐佐木本人也不觉得奇怪。他被逼到了这个地步。今天芝田股长被捕对他大概是个很大的冲击吧。而在一片漆黑的房间里静静等着户塚，他肯定翻来覆去想了很多事情。

自己要是被捕……家人、生活……如泡沫般消失的工作和退休金……

他为了户塚去打开窗户。大概是在看到下方的黑暗时，他受到了死神的邀请。

尽管不是自己下手达到所期待的目的，户塚的心情却变得极为沉重。他丢下佐佐木的尸体，翻过墙，急急走向地铁站。一种仿佛是自己犯下了罪行、正从现场逃离的心情挥之不去。

坐上明亮的地铁，他感到灯光十分刺眼。他担忧自己的脸会不会被认识自己的人看到。他本想着亲手杀死佐佐木之后，其死亡被人看作自杀是很自然的。但是现在看到佐佐木自杀了，他又害怕没有任何证据证明那不是他干的。如果在地铁上有认识的人看到他，他觉得自己肯定会被当作凶手。

在国电站下车，走进从商店街通往自己住的出租房的阴暗小路时，他终于稍微恢复了一点平静。沿途有他常去的一家理发店。他一个月大概会去理一次发。今天距离上次去还不到三个星期，可也没有办法。要让第三者对自己回来的时刻留下清晰的印象，他认为这是很自然的好办法。

他进了那家理发店，等从里面出来已经快八点了。刚剃过的脖子凉飕飕的。他完全平静了下来，觉得一切都进行得很顺利，没有任何需要担心的。佐佐木股长一死，拍打过来的浪大概就会平静下来吧。他逃进了安全的港口。他脚步轻快，但突然想起在冰冷的水泥地上的黑暗中，佐佐木那张成了小小的白点的脸，他又像胃里被塞进了什么沉重的东西般，在黑暗中皱起了眉头。

他走到宽阔的大马路上。这条路一边是住宅区，另一边是某处公共建筑，既没什么行人，也很黑。隔一段距离就有一根电线杆，上面的路灯亮着微弱的光。

这条路呈向下的缓坡，走下去就会穿过国营电车防护栏下方的桥洞。他向着那暗穴般的桥洞走去。正在他走入黑暗中时，有一个人从对面走了出来。他没怎么太在意那个人。但是就在跟对方擦身而过的瞬间，他的后脑感到一阵撕裂般的冲击。

户塚失去了意识，身体直接朝前方倒下。他一动不动的后脑再次受了一下重击。击打者盯着户塚的脸看了一会儿。最终那身影如风般消失在黑暗中。

在户塚摊开的身体上方，电车重重的车轮激烈击打着铁轨开了过去。

9

快到半夜的时候，骑着自行车从防护栏下方桥洞经过的电报送报员发现了户塚的尸体。在那之前应该不是没人经过，但经过的人大概以为是个醉汉，或者对别人的命运漠不关心。

受害人的身份很快就查明了，可关于他出现在那儿之前的行踪及嫌疑人的排查等工作，直到天亮也没有什么进展。

但是天亮之后，警方对户塚的行踪有了一定程度的掌握，同时在现场附近的搜查仍在继续。关于杀人动机，推测很可能是打架或打劫。

然而没多久，警方的搜查本部收到佐佐木股长自杀的消息，这一来，户塚的死似乎增添了复杂的因素。留在搜查本部房间里的刑警们集中到一起，听一课课长说明佐佐木股长的案件情况。

"尸体天亮时被发现，是值夜的保安在中庭安全楼梯的下面发现的。另外保安昨晚六点四十分左右在楼里巡查的时候，发现尸体正上方的五楼窗户是开着的，他关上了。但是当时他没觉得可疑，也没往下看。就算往下看了，大概太黑了也看不见吧。跟现场勘查后掌握的事情放在一起看，佐佐木股长大概是在保安巡逻前一个小时左右自杀的。而且发现了遗书，据说是放在桌子抽屉里的。从现场情形判断死者有很大可能是自认无望而自杀。"

"动机是什么？"

一个刑警问道。

"问题就在这儿。接下来是跟户塚这边的关系。"

课长的视线扫过众人的脸。

"佐佐木股长，刚才也说了，是水道公团管理部验收课第一股的股长，户塚是他的下属。"

刑警们看着课长，同时睁大了眼睛。

"是偶然吗——也许可能是偶然。各位应该也听说了，针对这个公团，二课的人两个月前就在秘密调查。昨天早上，合同课的一个股长因受贿嫌疑被捕。而就在当天晚上，验收课的股长自杀，职员被杀。具体的我还不太了解，不过那验收课好像也是检查给公团交货的一个部门，跟厂商应该很有关系。"

"这一来不管怎么说，户塚被杀是在佐佐木股长死了之后吧。"

一个刑警问道。

"是在之后。算下来至少也是一个小时之后。再来看看已经查明的户塚的行踪。五点下班后过了一会儿，他出现在附近的一家咖啡厅，五点四十分左右离开咖啡厅。之后的就不知道了。七点左右他去了常去的理发店，说今天晚上在银座后街一个人大玩了一场。他是单身，肯定在外用餐，估计是在某家餐馆吃了晚饭。他说是一个人，所以应该没有同伴。

现在正在排查那一带的餐厅，但还不知道他在哪儿吃的饭。理发用了四十五分钟左右。户塚去的时候店里没别的客人，马上就轮到他了，所以他大概是七点四十分或五十分离开了理发店。如果他直接去了被杀害的现场，那也不过是两三分钟的事。

"而佐佐木股长那边，按最晚也就是六点四十分来算，这之间最少也有一个小时的空当。"

"这是谋杀吧。"

"被害人的内袋钱包里放着三千多元现金，而且还戴着瑞士制造的格外高档的手表，可那些没被抢走，这么看应该不是抢劫。"

"如果是谋杀的话，凶手应该是在防护栏下面的桥洞里等着吧。那儿又黑，又是被害人肯定会经过的地方。可就算是如此，被害人在某处吃饭，顺道去了趟理发店，如果这段时间一直在原地等着……虽说那儿行人不多，但也不是没人经过。"

"等了多久，这可不知道哦。"

"如果是有计划的行凶，大概不是一直傻等，而是一定程度知道被害人的行踪，做事很有效率。即便这样也应该不能连被害人去了理发店都事先想到。"

那位刑警微微侧着头思考。

"那凶器方面怎么样？有什么……"

另一个刑警问道。

"应该就是坚硬的钝器。加上刚才物证课那边传过来的消息，说发现被害人的后脑上附着有一根细纤维，是红色的棉线。由此推测是用红色棉布包住某样金属或石头之类的凶器，用力打击被害人。而那棉布纤维似乎非常陈旧。"

"这需要了解一下二课那边秘密调查的情况。"

"不管怎么说，我们都得跟二课合作。佐佐木股长还有户塚都处于怎样的立场呢？佐佐木恐怕因为一些相当说不清的问题而忧虑重重。户塚不知是不是也有那方面的关系。是不是有人害怕佐佐木被检举，或者户塚被逮捕？如果是这样的话，那他们要是被逮捕了，事态可能会如何发展——"

课长一通话说完，房间里的刑警们也出去了。

久野是本部的老刑警，田岛是Ｓ局一个体格健壮的年轻刑警。他们两个人一组负责走访调查户塚的人际关系。二人并肩走出了警察局的大门。

"久野你怎么看，户塚被杀跟公团贪污的事有没有关系？"

田岛率直地问道。他眼里冒着信赖的光，好像久野什么都知道。比田岛略矮一点的久野紧紧抿着厚厚的嘴唇，眯起眼睛，视线投向远处，沉默了一会儿。

"听课长的口气，他好像觉得跟贪污有关系呢。"

"这事儿谁知道呢。"

"从你的经验产生的直觉来判断呢？"

"我说你啊,直觉既有准的时候也有不准的时候。人们大多数只记住了准的时候而已。"

久野的说话方式很缓慢。

"如果真是那样的话,那这次的案子很棘手呢。"

"红线啊。"

久野喃喃自语了一句,田岛马上做出了反应:

"跟女人有关吧。虽说这年头男人也会穿红衣服,但据说那根线有年头了,可能是女人的物件。不过凶手恐怕不会是女人,而是跟女人有什么关系吧。受害人又年轻,可以往这个方向考虑。"

"哎,差不多走吧。"

久野盯着前方,以惯常的步伐向前走去。两名刑警来到马路上,淹没在人群之中,再也分辨不清。

第二章　黑暗的青春

1

太阳柔和而温暖,风却依然很冷。风时不时拂过河道里浑浊的水面,吹出无数褶皱。

樋口利男在家后面那块对着河道的空地上,给刚做好的桌子刷涂料。他手上的动作显得不太利索,但似乎并不仅仅是因为风太冷。他脸露稚气,睫毛很长,正眯着眼睛盯着毛刷的毛尖。

从空地旁边的工作间传来电锯切割木板的声音和正在组装家具的木槌的声音,那是樋口的父亲和一个木匠在工作。

这时,一个年轻人穿过房子之间的狭窄小巷走到了空地。他穿着褪了色的深蓝牛仔裤、褐色外套,额头上的头发向前支棱着,脸被太阳晒得黑黑的,鼻子扁平。他的身形比樋口魁梧,年龄看起来似乎也稍微大一点儿。

"嘿——"

细谷看到樋口后,露出一丝高兴的笑容停下了脚步。樋口抬头看向声音传来的方向:

"嘿,怎么了?"

"嗯——"

细谷走到樋口身旁,脸上的微笑消失了,表情变得阴沉凝重,然后突然散发出如同杀性大起的野兽般的气息。他在樋口身边并排蹲下。

"很糟糕啊。"细谷说。

"怎么了?"

樋口手里仍拿着毛刷,窥探着对方的脸。细谷用右手做了个抹脖子的动作。

"被辞了啊,为什么?"

"不能在这儿说,到那边去。"

樋口把毛刷放进装着涂料的大碗里,站了起来。两个年轻人一前一后穿过窄巷,来到对面的马路上,然后从马路走到河道上的桥。

细谷停下了脚步,靠在桥的铁栏杆上。

"怎么会被辞了啊?"

樋口像是责备般眯起眼睛瞅着细谷。而细谷浮现出一个虚张声势、厚着脸皮的微笑:

"事情有点儿不太妙。"

"什么啊?"

"偷了一桶……好像被发现了。"

"汽油?"

"是啊。那汽油罐不是一次买个四五桶,然后倒进便携的加油器里用嘛，等空了就换新的对吧。我想拿走其中一桶不会被发现的，结果好像让人知道了。"

"你把汽油拿到哪儿去了？"

"晚上用三轮车装着拿到我认识的一个小子那儿去倒空，然后又拿回来，还回去了。浑蛋。"

细谷盯着水面，做出扔东西的动作。像是在回应他一般，一阵风过来吹皱了水面。

"我被运输店辞了会很麻烦。"

细谷皱起了眉，做出一副如同成年人般若有所思的表情，可看起来像是幼稚的演技。樋口默默地点头。

"我家里啊，我老子不干正事，就靠我干活。你说我偷汽油不也是因为家里要用钱嘛。"

"是吗——真来气。"

樋口嘟囔着。

"你倒是不错。工厂那边你不干了吧？"

"因为没什么意思。"

"就算这样，帮你老爸干不也挺好嘛。"

"不行啊，我啊，手笨，倒不是特笨，但干不了家具店工匠的活儿。"

"那你要怎么办？"

"我不知道，我没想过那些。"

两个年轻人并肩望着水面发了一会儿呆。隔着河道是成排的呈土色的老旧木造房屋和涂着灰色水泥的大仓库,沿河道往前转左就到了大河边上。两个人所在的桥上时不时有卡车或自动三轮车通过。

"要怎么办才好呢?"过了一会儿樋口说。

细谷握拳打在掌心。

"总之需要钱。"

"要多少?"

"五千日元左右。我老子跟人借的钱。"

樋口歪了歪头说:

"钱我也想要啊。"

"你要来干吗?"

"想跟女人一起去泡温泉啊。"

"喊,你有女人吗?"

"有啊。"

"这我可真不知道。"

"那女人很可爱的。"

樋口露出一个腻乎乎的笑。

"你想得倒是轻松,真让人没办法。"

"不过我们约好等到了春天,一起去泡温泉。"

"那到底是哪儿来的女人?"

细谷半边脸颊挤出一个笑。

"她在仲町的电影院上班,我随时都可以免费去看电影。"

"你搞得还真不错。"

"下次我带你一起去。"

两个人互看一眼，笑了。

"喂。"

樋口眼里突然冒出光，叫了一声。

"什么啊。"

"你干过抢劫吗？"

"抢劫？没啊。"

樋口沉默下来，像是在思考什么。

"喂，你不是要去抢吧？"

"倒不至于去抢，可那个的话我觉得能干。钱嘛，应该能弄个一两万日元。"

"在哪儿啊？"

细谷疑惑地努起嘴看着樋口的脸。

"就是刚说的电影院啊，等快关门的时候去，把一天的票钱搞到手。"

"哦？能行得通吗？"

"跟你说啊，我常去那儿，所以大致都知道。"

樋口像是被老师提问的学生一样，一脸极为认真的表情，边想边说：

"紧挨着售票处有个小办公室，办公室里总是有一个或两个男的。一进门的地方有两个检票的女生站着，不过她们基本不去办公室那边。要进办公室,只能从一楼入口的大厅那边进去,或者二楼的走廊旁边有一个能直接通往办公室的楼梯。钱放在售票处柜台的下边,装在箱子里。等一天的工作全都结束后就会有员工清算当天的销售额,然后放到办公室的保险柜里,第二天存进银行。钱一旦被放进保险柜就没戏了,不过在那之前是放在那个女生面前的,很简单。"

"从窗口拿不到吧。"

"那倒是啊,必须得进办公室里。"

"不是有人吗?"

"所以要想办法对付办公室里的人,不是什么了不得的家伙,找准落单的时候给他来一下就行了。"

"女生会喊的。"

樋口露出一个满意的笑容,缓缓说:

"所以啊,要让女生帮我们啊。"

"这样啊……能行吗?"

"女生那边我去说。进里面的是你,因为我的脸他们认识。"

细谷眯起眼睛看着樋口。那像是在确认他说的话是不是真的可行,同时也是为了说服自己下决心。

"你干不干?"

樋口问道。

"干也行,钱有多少?"

"那电影院一场收七十日元,一天换四场对吧。一场有多少人去看呢?电影院也不是特别大。"

"两百人左右?"

"算两百人吧,四场就八百人吧?一人七十日元,那就是多少?"

"五万六千日元呢。不少钱啊。"

"今天晚上我就去找那女生跟她提一下吧。"

"那女生没问题吗?"

"没问题。是个好苗子。"

樋口的脸颊绽开笑意。细谷也跟着笑了。两个人纯净的笑容向彼此展示了自己的决心。

过了一会儿,两个年轻人分开,离开了风吹过的桥。

2

则子连钱箱一起把票钱放到经理面前。

"我先走了。"她说。

"辛苦了。"

戴着高度近视眼镜的瘦瘦的经理答道。

装饰着照片的四方形窗口里,灯光已经熄灭,在出入口的灯光下,只有电影院门前是明亮的。则子穿着红色的粗线编织毛衣,从门前的明亮走入黑暗的马路。就在快到有轨电车旁的道路上时,一个黑色身影面对她站着。

"喂——"

走近她后,樋口压低了声音,用算得上温柔的口气叫住她。

"啊,你来了啊?"

则子走到他身旁。

"好冷啊。"

她和樋口并排往前走。

"要不要去吃荞麦面?"

"好呢。"

路上还有几家店亮着灯,两个人进了其中一家。荞麦面店里人不多,客人和一个站在挂帘边上的小伙子在看电视。

点了荞麦面之后,樋口把脸凑到则子面前说道:

"有事儿跟你商量。"

"哦?"

则子双肘支在桌子上。

"不过不是什么好事儿。"

樋口笑得有点儿不好意思。

"但不会给你惹麻烦。"

"什么事儿啊?"

"来钱的事儿。"

"哦?"

则子的目光垂落到桌面上,微微点了几下头。一副大概猜到了他要说什么的表情。

"我有个朋友。我跟那小子商量着想干一票。"

"干一票?"

"就是抢劫。"

樋口的手指在桌子上搓着,他看着自己的手,表情显得很迷茫。那是对并未考虑清楚事情善恶而事情却自然演变成了这样,令其不得不有所觉悟的表情。

"能行吗?"

等了一会儿,则子才怀疑地扬起视线。

"我们商量过了,没事的。只要你别出差错。"

"不会吧,我也要一起?"

"不是,不是让你一起。你是受害人,只要这么蒙过去就行。"

"我是受害人?到底要去抢哪儿?"

"就是你们电影院啊。"

"这可不行。"

则子皱起眉。小伙子端来了荞麦面。两个人沉默地倒上调味料,掰开一次性筷子,出音吸溜着荞麦面。有一会儿彼此什么都没说。

"真没事的。"

樋口边吃边说。

"你干过那事儿吗？"

则子也边吃边问。

"以前啊，恐吓过一对男女，勒索过。不过没搞到多少钱。"

樋口意图让则子放心。

"我可不想被牵连。"

"没事的，不会连累你的。你只要别大声嚷嚷，假装害怕，老老实实把钱交出来就行了。"

则子仍是一副无法赞同的表情。

"经理在啊。"

"只有经理吗？"

"大概什么时候啊？"

"这个嘛……比现在早一个小时吧。在票钱最后被放进保险箱之前。这个时间只有你和经理在吧？"

"基本上是。不过可能会有人进来哦。"

"就是那几个女生吧。"

"嗯。"

"那没问题。"

"是你干吗？"

"让我朋友干。因为他们认得我的脸。"

则子默不作声地吃着荞麦面，看起来好像已经半是答应了。樋口微笑着把脸凑得更近。

"刚才啊，等你的时候，我想了不少，然后想到一特妙的主意，绝对的。"

"可千万别连累到我啊。"

"不会连累你的，你只要装作什么都不知道，别嚷嚷就行了。只要你做到这点，之后都会顺利的，当然你也别提我的事儿——"

则子没出声。

"事成你也有份。"

"能给我多少？"

"那当然要看能弄到多少钱了。一般能有多少？"

"三四万吧。"

"哦哦。有这么多够了。"

两个人吃完荞麦面，喝了汤。则子从手提包里拿出烟，二人点上了烟。樋口叼着烟看向电视，上面正在播古装历史剧。樋口的眼睛马上被吸引过去了，则子也回头看过去。两个人就这么看了一阵子电视。

等开始播广告，两个人站了起来，则子付了钱。离开荞麦面店后，樋口轻快地说：

"我那个朋友啊比我能干多了，他的拳头可厉害了。你们经理肯定会吓得缩成一团。"

"你要被抓了我可不管。"

"不会有问题的——肯定不会。"

樋口双手插进裤袋里，抖着外套下面的肩膀往前走。

"我什么都不知道，可别连累我啊。"

"没事的，肯定不会。等钱到手了咱俩去泡温泉吧，大玩儿一场，那就太棒啦。"

樋口的眼里闪着光。他们在行人稀少的人行道上微微向前倾着身子，像是被什么催促着一般快步走远了。

3

七点最后一场电影开始了。到了八点，基本已经没有观众入场了。细谷在八点买了一张票。买票的时候他从小窗口往里张望，可则子低着头没看他。从他的位置看不到玄关内侧检票女生的位置。

检票的女生有两个人，一个坐在椅子上，另一个站在她旁边，两个人正在说话。

"我真是吓到了，到今天为止我都没想到那个人是那样的人……"

"这就是人啊。可我该怎么办呢，这鞋，唉，是不是有点儿怪……"

她们根本没转过来看细谷的脸。细谷抖着肩膀沿旁边的楼梯慢慢爬上二楼。二楼观众席后方的走廊上没有一个人影，靠墙摆着三张长凳。细谷两手依然插在裤袋里，像昏厥倒下一样坐到长凳上，叉开两腿伸直。

从观众席那边传来断断续续的音乐声，感觉好像是格外没有意义的噪声一样。细谷脖子往后一靠，闭上了眼睛。

电影院的对面，房屋之间有条如缝隙般的窄巷子。几乎在细谷进入电影院的同时，樋口藏身到了小巷里，看向售票处的小窗口。时不时有人或车通过遮住他的视线，但是没人进电影院。那条路是从电车道路①转进来的，但除了路口附近和电影院前面之外，路面并不明亮，而电影院的转角有一条跟电车道路平行的路，那条路更为昏暗。一辆自动三轮车在那条路上紧紧挨着贴金属波浪板的电影院外墙停着，那是细谷从他以前上班的运输店偷偷开出来的。

所有准备都做好了，这些都是成功的保证。至少樋口是这样想的。这件事无论如何也要干成，因为不管怎么说，这是他勇敢地计划出来的一件事。为什么计划这件事？因为他需要钱，而世上没人会给他那么多钱，这也是无可奈何的事情。

细谷身子一弹从长凳子上站了起来。借着站起来的力道，他的双脚脚尖并在一起轻快地蹦了一下。他穿的篮球鞋很软，没发出声音。

他向走廊尽头走去，墙上贴着照片及海报，他抿着嘴缓缓吸气，双臂向外张开，微微弯曲。他似乎有种自己已经成为电影画面中的人物的心情，一切都能按计划顺利进行吗？

墙上有一扇门，门正中贴着一张纸，上面用油彩笔写着

---

①指中间架设着电车运行轨道的路。

"工作人员专用"。他前后看了看，抓住了门把手，挺直身体紧紧靠在门上，然后轻轻转动门把手，微微拉了一下门，打开了一条细缝。他下巴微微向前，眼睛向下扫视，用凝滞而没有表情的视线望过去，他觉得这好像是某个电影中的场景。

门的另一边直接就是被墙壁包围的又窄又陡的楼梯。他闪身进去关上了门。楼梯下面很明亮，看来是直接通向办公室的，奇怪的是听不到一点动静。

他从外套口袋里扯出一顶帽檐儿很长的深蓝色帽子戴上，用双手把帽檐儿压低。接着他拿出一块像是黑色领巾的布，折成三角形把鼻子以下盖住，系在后脑勺上。

再接下来他从外套的另一个口袋里掏出一条白色毛巾，又从裤腰带上拔出一把粗扳手。他用毛巾裹住扳手，拿在右手里。为什么要用毛巾裹住扳手？这并没有特别明确的理由，但像这样做各种准备工作的过程似乎让他感到自豪并能保持冷静。

细谷进去五分钟之后，按理说应该就已经开始办事了。樋口没有手表，以前父母给他买的，还有忘了什么时候在公园从一对年轻情侣那儿抢来的，都已经不在他手里了。五分钟的时间有多长，他没有准确的概念，但不管怎么说，细谷进去之后都已经过了相当长的时间。他凝视着售票处的小窗口，那儿摆着一块钟，但从他的位置看不清表针。

要是事儿已经办了，细谷应该会先从小窗口给出信号。

他们说好细谷闯进办公室，制服经理，拿到钱的时候会把手从小窗口伸出来一下。樋口收到这个信号，就会去小窗口前。细谷把钱用纸包好，从小窗口递给樋口，然后从玄关冲出来，逃向跟电车道路相反的方向。拿着钱的樋口则去自动三轮车那儿。

要是有人追出来，那肯定会去追抢了钱的细谷。而樋口这边，除了则子应该没人注意到。这时樋口就可以开着三轮车去说好的地方，两个人会在那儿碰头。如果中途细谷不走运被抓住，只要身上没有钱，大概能装疯卖傻混过去；如果细谷未能到达他们说好的地方，樋口就先拿着钱。他们是这样计划的。通过小窗口两人把钱易手，这对樋口来说是计划中最得意的步骤。用自动三轮车也是为了能尽快离开现场，但除此之外，还因为他觉得用某种交通工具极速逃跑，是结束这出戏所必需的。从细谷以前工作的公司偷偷开出自动三轮车来，则是细谷坚持说想这么做的。

计划是这样制订的，这其中最不保险的一点就是从细谷闯入办公室到抢了钱交给樋口为止，这段时间会不会有人靠近那个小窗口。据则子说，现在正在上映的两部连放电影不怎么受欢迎，来看的人不太多，特别是过了晚上八点很少会有人来。

因此他们决定就按细谷进入办公室之后的几分钟内，不会有人过来买票考虑。但这当然不能保证。樋口感觉万一发生那么不走运的事情，责任在自己身上。因此现在没有人，却迟迟不见窗口给出信号，让他分外焦急。他渐渐对细谷产生了怨气。

（那小子在搞什么啊——）

当两个女生溜达走过，在电影院前停下脚步时，他心想的是——

（看吧——看啊！）

他真的生气了。

两个女生穿的都是裤子，上身一个穿着毛衣，另一个穿着半长大衣，看打扮像是这附近的人。她们在售票处旁边挂着照片的窗前停下了脚步，手牵手看着照片开始聊天，其中一个人走到小窗口那边，似乎是看了看上映时间表，又走了回来。

"开头好像挺有意思，可开头已经过了一半多了吧？"

一个人说。

"到十二号为止啊，今天是最后一场了。"

"不过——后面的我不想看啊。"

两个人好像商量不出结果来。樋口怒火中烧的眼睛盯着她们。

4

细谷准备好之后，再一次窥探了一下楼梯下方的动静，可是完全摸不着头绪。若径直走下楼梯,在最后两三阶楼梯的时候左转,就能直接进办公室,那之间看来没有门。就算穿着橡胶底的鞋,下楼梯的脚步声也会让办公室里的人听到,到了最后几阶楼梯无可避免会被看到,事先也无法知道房间里的人在什么位置。

细谷把扳手举在身前开始下楼梯。他的脸色很沉着,就像为了保卫正义的男人不得不前往战场一样。

细谷顺着楼梯一路走到底,一站到明亮处马上一眼扫过整个房间,那是个比想象中更窄小更脏乱的房间。细谷正面角落里有一个女人背对他坐着,那儿应该就是售票窗口内侧的位置,他右手边的墙上有一扇门,看起来是通往玄关大厅的出入口,左手方向并排摆着三张老旧的木办公桌,桌子上放着各种杂物,乱糟糟的。其中一张桌子前有一个男人冲着自己这边坐着。男人瘦弱而且脸色不太好,戴着眼镜,把一本不知是什么的杂志摊开在面前的桌子上,侧坐在椅子上看。

奇怪的是,女人没回头看细谷,男人也一直没抬头,直到细谷走近,距离缩短了一半他才发现。而当看到细谷时,男人的表情不是惊恐,而是疑惑。细谷心想:人的表情居然可以这么迟钝。

细谷用包着毛巾的扳手向男人耳边砸过去的时候,男人也只是微微张了张嘴,左手只不过像是客气一下般微微抬了一下,他低叫一声,就弄翻了椅子跌落到桌下了。

"老实点儿。你要是不老实就要你命。"

细谷抓着男人的左手臂把他拉起来。男人萎靡不振,但倒不像昏过去了。细谷转向女生,则子站在那儿瞪大了眼睛。两个人的距离有四米左右。细谷犹豫了,他要走到窗口取钱,可是从这个男人旁边离开心里也没底。

"小姐,你懂的,把钱拿过来。"

则子没有马上行动。细谷把左臂深深插到经理的腋下,把他拉了过来,经理勉强以双脚撑地,斜靠在细谷身上被拖了过去,他们就这样来到则子身边。细谷把手臂从经理身上拿开,经理趴在地上,撑起上半身,第一次看向细谷。细谷举起扳手:

"听好了,事已至此,老老实实听话才聪明。"

经理喘息着张开了口,但从他眼睛里浮现出的神色并不能确定他是否听明白了细谷说的话。

"哎,给我两张票。"

从小窗口传来年轻女性的声音。则子一惊转了过去。

"不用啦,我出。"

"别啊,没事的。"

"都说不用——"

小窗口外边的两个女生似乎在争。钱还没拿出来。

细谷从柜台下面拿出装钱的箱子放在地上。

"卖票。"

细谷小声对则子命令道，然后从裤袋里掏出准备好的纸袋，只用左手开始往里面装钱。

"可小雅不是不太想看嘛，让你出钱多不好意思啊。"

"有什么啊，刚才吃荞麦面的时候不是你出的嘛。来，让开，有打折，两个人一百对吧？"

"好啦。给我两张。"

窗口递进来一张千元纸币，细谷边往纸袋里装钱，边瞅着则子。则子撕下两张票递出窗口。

"那个，找钱——"

则子对着细谷说。

"什么？"

细谷抬起焦躁的眼睛。他不能把右手高举的扳手放下来。既要看着经理，又要用左手往纸袋里装钱，这并不是轻松的活。

"浑蛋——"

他低骂了一声。

"怎么不找钱啊？刚才我给了一千吧。"

外边的女人发出尖锐的声音。听声音，那个女生似乎正在低头从小窗口往里看。

"多少？"

细谷哑着声音问。

"九百日元。"

则子用冷静、似乎略带负气的声音答道。细谷正想把手伸进袋子里，把已经装进去的钱拿出来，可伸到一半又放弃了，转而要去数还留在钱箱里的钱。

"喂，怎么回事，干什么呢？"

外面女生的声音在催促，感觉比之前更近了一些。

"浑蛋——"

细谷数不下去了。他不耐烦地随手抓起一把硬币，扔到了柜台上。则子按住那些硬币，在小窗口前数了数。从外边能看到她的动作。

"你那儿连五百都没有吧。怎么了？你认真点儿啊。"

"浑蛋，拿走——"

细谷再次抓了一把硬币朝小窗口扔了过去。

"你干什么？"

女生扯着嗓子怒道。

"喂，你们才是，在干什么呢？"

没人回答。

细谷用双手把钱塞进袋子里，接着一边把袋子往裤兜里塞一边站了起来。

樋口就站着两个女生身后，他已经察觉到里面发生了什么。计划已经完全乱套了，他也完全没法去思考在这种情况下怎么处理是最妥善的。他只是惊慌地听女生劈头盖脸气势汹汹的怒骂。

等依然蒙着脸的细谷从玄关冲出来的时候，他也束手无措，只是眼睁睁看着。他想让细谷知道自己在这儿，可是他没办法让细谷注意到他。细谷向放着自动三轮的那条路跑去。

"——〇—— ——〇——"

小窗口对面传来男人喘息的声音。

"搞什么，那人——"

两个女生望着逃走的细谷说。

"怎么了？"

"小偷吧，蒙着脸呢。"

两个人往细谷逃走的方向走去。樋口跟在她们后面。

黑暗中，自动三轮车的发动机打着了火。车身微微一摇，突然像是蹦起来一样往另一边开去。

"他开车逃走了。"

其中一个女生叫起来。樋口回头看向电影院，检票的两名女生刚出来往这边走，他连忙往电车道路的方向走去。

在电车道路上走了一会儿，他听见了警车的警笛声。两个人约好的地方是大川端成排仓库间的空地。他像是被追赶一般走到了那个地方，可细谷的自动三轮还没到。

樋口走到河边，靠在仓库的墙上等。河对面的光亮映在水面上，被开过去的汽船划碎了，河上的巨大铁桥上，车灯不间断地在流动，所有声音都很遥远，好像只有他一个人被丢下了，他甚至觉得在对面的世界，所有人都红着眼在追他。他害怕走出去，只能继续等，可是细谷没有出现。

5

两个警察仍然带着怀有敌意的冷漠表情,从樋口身体两旁离开,向外面马路的方向走去。樋口把手插在裤兜里,目送两个人的背影。

"怎么了?"

父亲站在工作小屋的入口叫他。那干枯的满是皱纹的脸上戴着黑色粗框眼镜。

"没怎么啊。"

樋口没转头看父亲,而是原地蹲下来,开始用砂纸打磨柜子。

"警察来问你什么?"父亲又问道。

樋口露出不知该不该回答的表情。

"昨天晚上,仲町的电影院被人抢了。"

"那为什么要来找你?"

"这你去问警察啊。"

"那警察说什么了?"

"说像是小混混干的,问我有没有头绪。我就跟他们说'我不知道,抓人是你们的工作'。"

"就这样?"

"还问我昨天晚上去哪儿了。"

"你去哪儿了?"

樋口向父亲的方向瞄了一眼。

"我想去看电影,就到了电影院前,可是放的电影没什么意思就回来了。"

"只是这样的话你回来挺晚啊。"

"稍微闲逛了一会儿。"

"你怎么回答警察的?"

"就是刚才说的啊,本来就是真的嘛。"

"然后——"

"问咱们这儿有没有自动三轮车,我回答说生意上用,就这么多,他们就走了。"

"你给我注意点儿,别让警察怀疑上你。"

父亲走进了工作间。

"是他们非要怀疑我的,我怎么知道。"

樋口露出像孩子一样的愤懑表情。

小屋里响起电锯的声音。樋口用砂纸打磨柜子的木质边沿,他的眼睛没放在柜子上,而是望向更远的某个地方。

过了一会儿,他停下手头的工作,走向工作小屋的门口。

"爸。"

父亲马上走了过来,以窥探的眼神看着儿子的脸。

"怎么了?"

"那个,要送过去吧?"

他用眼神示意靠墙放着的刚做好的大书架。

"我帮你去送吧,下午。"

父亲看了看书架,又看了看儿子的脸。

"你去也行,不过为什么?"

"不为什么啊,我比较适合在外面跑。"

樋口回到了柜子那边。

中午过后,樋口把书架搬到自动三轮车上,绑上好几圈绳子之后出发了。

樋口先去了电影院前面,他在附近停下车,走到售票处,在小窗口前弯下腰:

"喂——"

他叫了一声。

则子默默抬起头。

"那小子看来是跑了——直接跑了。"

樋口低语道。

"你走吧。"

则子也只微微动了动嘴唇小声说。看来办公室里有别人在。

"臭小子,我肯定要把他找出来。"

"这一带有警察。"

樋口离开了小窗口,用不甘心的眼神扫视了周围一圈,慢慢走回自动三轮车那儿。

樋口绕到了细谷家。夹在一条小小的水路和旁边工厂长长的围墙之间,有一片几乎被挤扁的住宅,细谷家就在其中。

低矮的房顶上铺着的金属波浪板以及几乎要破成碎片的墙板都是仿佛黑土一样的颜色。

细谷家门口坐着一个四五岁的女孩,身上穿着脏兮兮的和服。又窄又黑的家里不像有人的样子。

"你哥哥——"

女孩依然坐在门槛上,抬头看向他。

"你哥哥不在?"

"我哥哥?"

"是啊。"

"不在。"

"去哪儿了?"

"不知道。"

女孩抿着嘴摇摇头。

"今天回来过吗?"

"没。"

"昨天呢?"

女孩又摇了摇头。

"你爸呢?"

"去上班了。"

"妈妈呢?"

"妈妈也去上班了。"

"谁来过?"

"不认识的叔叔来过。"

"哥哥已经不在了?"

"哥哥工作很忙,不回家。"

女孩抬头定定地看着樋口。

"——这样啊。"

樋口背对女孩离开了。刚走出几步——

"哥哥。"女孩叫道。

樋口回过头。

"哥哥,要走了吗?"

"嗯——"

"再见。"

"再见。"

樋口对紧紧抿着嘴目送他离去的女孩轻轻挥了挥手。

细谷工作过的运输店在练马区那边。樋口把书架送到老主顾手上之后,开着空车去了练马区。

那家运输店位于私铁车站附近,店门前的玻璃门对着夕阳大开着,带着沙尘的风刮进室内。樋口把车停在门前,站到了店内伤痕累累的厚重木头柜台前。

"细谷来了没有?"

在土间①往自行车脚蹬的轴上注油的男人抬起头来。他的

---

①日本传统建筑中与屋外连接、供人进出之处。与地面同高,因此比其他生活空间低。

手很大，长长的脸，脸颊皮肤干涩，一双细细的眼睛仿佛带着敌意。

"细谷？你是细谷的朋友吗？"

"是的。"

"我把那小子辞了。真是个不靠谱的家伙。昨天好像又把我们店的三轮开走了。"

"没开回来吗？"

"今天早上放在店门口了。"

"就是说回来过啊。"

男人又一次缓缓地把樋口从头到脚打量了一番。

"你在找那小子？"

"我是在找他。"

"我不知道。鬼知道那小子的事儿。"

男人缓缓摇摇头。

"他今天确实来过吧。"

"应该吧，我是没见到。本来我也不想见到那小子……"

樋口从店里出来，刚跨上三轮车，对面就开过来另一辆空的三轮车。三轮车减速停在了他的旁边，似乎是昨天晚上细谷用的那辆。开车的是一个脸颊像女生一样圆润泛红的年轻男子。

"你认识细谷吗？"樋口双手握着车把问道。

男人瞅了瞅樋口。

"你说细谷啊。"

男人声音又高语速又快。

"他本来在这儿。"

"不是不来了吗？"

"是倒是，你今天没看到他？"

"没看到。"

樋口发动了引擎。车刚起步，男人突然又高声说道：

"车站对面有家叫妮娜的咖啡店，你去那儿看看，那小子经常调戏那儿的女生。"

樋口点了点头。

车站周边是商店街。下班归来的人被车站成团吐出来之后，就会从商店街穿过。录像带店、女装店、蔬菜店、乌冬店、水果店、书店……这些能满足商店街对面大片住宅区的居民基本需要的店铺杂乱无序地排开。

蔬菜店及鱼店的前面站着几个穿着白色围裙的女人。樋口把车紧挨电线杆停下，进了贴着深褐色墙板的咖啡店。

店里除了几张小桌子、靠里的柜台及柜台旁边的电视机，就只有柜台内站着的两个女服务员，没有一个客人。两人异口同声地说：

"欢迎光临。"

樋口在柜台前坐下，长发垂在身后的女人倒了一杯水放到他面前。

"给我一杯咖啡——今天细谷没来吗?"

长发女人看向盘着头发的女人,盘发女人回答:

"你认识细谷?"

"嗯。"

"今天还没来呢。"

"会来吗?"

"他说今天会来,不过那人说的话不能当真。"

"他什么时候说他会来的?"

"昨天啊,还说下次放假要带我们去哪儿玩儿呢。真傻——那人丢了工作吧?"

"那今天有可能来?"

"谁知道呢。"

长发女人走到唱片机前换唱片,然后随着音乐轻轻晃动身体,呆呆地看着外边。盘发女人盯着烧开了的水壶。

"是嘛,他说要带你们去玩儿啊。"

樋口撇撇嘴笑了。女人像是注意到什么,睁圆了眼睛看向他,然后露出嘲讽的表情。

"真不要脸。"

"也不知道他说什么呢,明明又没钱,穷光蛋一个。"

女人把黑色液体倒进杯子。樋口从放在柜台旁边的杂志堆里扯出一本老周刊。站在唱片机旁的女人仍然呆呆地看着前方,微微晃动身体。对她而言,做什么都是一样的,但比什么都不做要稍微好点儿。

过了快一个小时,店里只来了几个客人。

"他没来啊。"

樋口回头看向门口。

"是啊。"

女人用不以为意的声音回答。樋口从椅子上下来。外边已经黑了,他跨上三轮车打开了车灯。

车站附近有铁路道口,过了道口,路斜向分成左右两条。樋口一边咣当咣当通过道口,一边看着左手边通往车站前的路。在他的自动三轮后方,一辆公交车开上了道口。

樋口看到一个从车站方向走过来的男人的黑色身影,他在过完道口的地方刹住了车。公交车按了按喇叭,前方走来的男人在三轮车前抬起了头,好像透过车灯边看边放慢了脚步。樋口停下车的同时,男人也站住了。

"细谷。"樋口叫道。

细谷像是这才注意到是他,慌忙跑到车头右边,公交车又按了一下喇叭。

"喂,你小子,要逃吗?"

樋口往右一打方向盘追上细谷,但是角度不足以拐进右边那条路,车差点儿撞上前面的石墙。细谷已经跑到了右边,樋口停下车跳下来。

樋口跑了两三步到细谷面前。

"你小子是打算直接跑路是不是？"

樋口又说了一次，细谷默不作声。公交车又一次按响喇叭。

樋口低下身子，朝细谷的腹部猛撞过去。细谷用右手按住外套口袋，樋口左手一拳打在细谷下巴上，细谷倒在石墙上。樋口骑到他身上，细谷更加按紧了外套口袋。

两个人正在纠缠，身后从公交车上下来的司机边骂边走了过来：

"喂，把路让开！公交车还在道口上停着呢。"

细谷的后脑似乎撞到了石墙，他的动作变得迟缓。樋口把手伸进了他的外套口袋。

这时，道口传来喊叫的声音。电车仿佛切割铁片般的刹车声逼近，公交车司机回头往后看。樋口松开细谷站了起来，细谷也站起身来。就在呆立的他们面前，向车站开去的电车碾轧铁轨发出刺耳的轰鸣，以相对缓慢却又无法完全停下的速度向道口轧过来。一阵沉闷而响亮，仿若空洞却带来莫名恐怖的声音后，公交车弹了起来，横向撞上旁边立着枕木的栅栏。电车轧了过去，又继续前冲了一会儿才停住。

公交车里的灯光没有消失，车里迸发出惊叫声，能看到人们动作慌张的身影。司机以一种滑稽的姿势，身体摇摇晃晃地跑向公交车。樋口回头看向细谷，细谷表情呆滞地看着樋口。

樋口终于反应过来自己手里拿着纸袋,他跳上了自动三轮,没有人阻止他。三轮车蹦起来,打着晃蹿了出去。

6

樋口把自动三轮停在家门前,穿过旁边的小巷走向工作间。他把纸袋塞进了工作小屋后堆积的木材下面。

他从后门进了家,坐在起居室的父亲眼镜反着光。

"你到哪儿瞎晃悠去了,一直到现在才回来?"

"东西送过去了。"

樋口坐到矮桌前。

"浑蛋,胡扯什么!没跟你说送没送到,到那儿你要花几个小时啊?"

樋口没说话。

"你还没吃饭吧?"母亲问。

"没,真饿了。那车最近零件有点儿松。"

"你出去玩儿的时候,不许开车出去。"

父亲像是无可奈何地说。樋口从母亲手里接过饭碗。

"知道了。"他回答道。

他还没吃完饭,正面的玻璃门就开了。

"晚上好。樋口利男在吗?"

"在。"

母亲回答。

"我是警察……"

樋口手里的饭碗掉到了矮桌上。父亲和母亲的眼睛同时看向儿子。

"能跟我们来一趟吗?"

白色纸拉门的另一边传来温和的声音。

"请问——有什么事吗?"

母亲冲着拉门问道。

"我是交警队的。今天在练马区 A 车站的道口发生了交通事故——"

樋口的脸上微微露出放心的神色。他放下了筷子:

"这就来。我正吃饭呢。"

"那我让他们等等。"拉门那边的声音说道。

樋口喝了一口茶。

"是细谷那小子说出来了,真是头蠢货。"

樋口嘟囔了一句,大声对着拉门说:

"那什么,可能我也有错,但是公交车司机傻乎乎的,那时候只要稍微倒一下车,重新打一下方向盘就能过去的。可那家伙啊,慢吞吞地跑下车来,那家伙也不知道会有电车来吧。"

"这些我们正在调查。吃完饭请你过来一下。"

警察的声音变得有些不耐烦。

"哦,这就来。"

樋口站起来低头看向母亲。

"没什么大事,就是小小的违章停车。"

双亲什么都没说,只是抬头看着儿子。樋口在后门穿上鞋出去了。等脚步声走远,母亲抬头埋怨地瞅着父亲。

"他爸——"

"应该没什么大事儿。"

父亲向下看去。

"那孩子干了什么呢?"

"就是什么违章,警察不也说是交警吗?总不能是交警来查抢劫吧……"

"抢劫,你说什么呢……"

"没、没什么……"

"他爸,你是在想电影院的事儿吗?"

"哎呀,来人说自己是警察的时候我是吓了一跳。不过如果就是个违反交规,那就还好吧。"

"这可真是——"

母亲低下了头。黄色的灯光落在她鼓鼓囊囊裹着围裙的肩膀上。

7

过了半夜,樋口才从警察局回来。刚过了桥,一个黑影从旁边一间屋子里闪出来。

"喂。"

樋口停下脚步,拉开戒备的架势。

"你小子——"

"喂,别再打了,没必要打架吧。"

细谷低声说。

"你胡说什么呢,我不会信你了。"

"等等啊,我们两个打起来可不妙。警察问了什么?他们没问你为什么跟我在道口打架吗?"

"问了。"

樋口戒备的身体放松下来。

"你怎么回答的?"

"我也没办法。"

樋口的声音变得不太自信。

"我说很早之前借给你的手表你没还给我,不知道给了谁。"

"真没办法。"

细谷不高兴地说。

"本来你就没还我啊。"

"是倒是,可没办法啊,在你之前我也被问了为什么打架。"

"你怎么说的?"

"我啊,我说我搞上了你的女人。"

"我的女人？你什么时候搞上的？"

"我才不会搞你的女人呢，就是这么一说。"

"你个笨蛋！这种事儿找女人来一查不就知道了。"

"所以啊，你给你女人说一下，对好口供啊。"

"真糟糕！我只说了手表的事儿。"

"真糟糕啊。"

两个人沉默了一会儿，寂静的黑暗包围着他们。

"怎么办？喂——"

樋口开口道。

"下次再问，就说因为手表和女人两个原因吧。"

"这不错，你也是明天去吧？"

"是啊，说要现场取证。在差不多同样时间，跟警察一起坐我家的自动三轮过去。我觉得交通事故的事儿也没办法。而且啊，恐怕不全是我的错，公交车司机也有错。我打算好好道歉，别惹交警不高兴。"

"有人受伤吗？"

"好像有两三个人受伤了。交警发了好大的脾气，说就是我不计后果乱停车，让毫无关系的人受了重伤，还问我到底打算怎么办。他那么说又有什么用嘛，我又不是故意那么做的。"

"你不该逃走的。"

"我不是没想到你会说出来嘛。"

"那有什么办法，又不可能跟不认识的人突然打起来。"

"你明天也要去参加现场取证吧?"

"是倒是。真糟糕——在电影院我让人看到了,不太想跟警察打交道。"

"对方是交警,没事的。"

"也没那么简单。本来我还有你就都让人盯上了。"

"那要怎么办?"

"不说这个,先把钱的事儿解决了吧。钱放哪儿了?"

"钱在。"

两个人向前走去。

从樋口家旁边走过,绕到后面,他们在那儿借着月光数钱。一个人只能分到一万五千日元。

"没想到这么少。"细谷说。

"不是你偷藏起来了?"樋口说。

"你别胡说。"

"算了。就这样吧,不吵了。"

"好。"

"明天怎么办?"

"哎,我好好想想。"

"要是逃的话,反而会更糟糕。"

细谷放轻脚步,身影消失在黑暗中。樋口正要回家,看见父亲站在门口。

"你在干什么?怎么了?"

"什么事儿也没有,明天要去现场取证。跟细谷商量了一下,还要把三轮车带过去,真是倒霉。"

8

郊外的私铁道口发生的交通事故和老街电影院的抢劫案,负责办案的警察局不同,距离也离得很远。交通事故是一起清晰明了的案子,处置起来很简单。两件事并未马上被关联到一起。

抢劫案因现场几乎没有任何线索,刑警推想是那一带的小混混干的,挨个去查名单上的人。他们要查到细谷头上,还得需要几天时间。

刑警到他家的时候,细谷不在家,也不知道他去了哪儿。之后去细谷工作的运输店,才知道他已经被解雇了。与此同时,警方也知道了抢劫案那天晚上搬运公司的自动三轮被擅自开了出去。刑警兴高采烈地把这件事报告给了股长。这时股长想起了交通事故一案,他马上打电话向经手的交警询问详细经过。

"好像是个挺大的事故。"

放下电话,股长这样说。

"轻重伤员共五名,有一人在医院死亡。造成此次事故的就是那个细谷和他朋友,一个叫樋口的。问过他们本人,说是因为手表和女人的事儿，樋口对细谷怀恨在心，到处找细谷。正好樋口骑着自动三轮刚过道口的时候碰到了细谷。这个叫樋口的是个莽撞的家伙，明知道后面有辆公交车，却突然把三轮车停在那儿跟细谷争执起来。不巧的是这时电车开过来，撞到了公交车的后半截。第二天现场取证的结果显示，公交车司机当时从车上下来了，如果他没下来，大可以倒车或者打方向盘，并非不能避免事故的发生。结果公交车司机也被认定有工作上的过失，不过这个樋口也是个无耻之人。

"道口事故虽然这样了结也行，可现在听了你的报告，我觉得应该重新看看这两个人了……"

股长边说边从桌子抽屉里拿出记录调查结果的纸张开始翻看，上面写着受调查者的个人信息。

"这个叫樋口的也调查过了，没有不在场证明。但是电影院的人很熟悉这个人，说他的体形明显跟强盗不一样。"

股长粗粗的手指按在纸上。

"在道口打架那天就是抢劫案发生的第二天，总觉得有点问题。"

股长抬头看着刑警。

"会不会是共犯关系呢？"

小个子的年轻刑警这样说。

"不知道细谷去了哪儿这点也很可疑，总之关于细谷的事儿需要找樋口问问。樋口应该在家，你去查一下。"

"我这就去查。"

年轻刑警来到了樋口家。那是傍晚时分,樋口不在家。他母亲说他去了电影院,刑警也就去了电影院。

让电影院广播找人,可樋口没出来。刑警决定等,他一直守在电影院直到最后一场演完,他觉得自己应该没看漏从电影院里出来的人,不过他只见过樋口的照片。刑警之后又去了樋口家,樋口还是没回来。刑警着急了,却还是在樋口家附近等了一会儿。这一带到了晚上几乎没人经过,太黑了也看不清东西,只有从大川端那边不断传来河上来往汽船忙碌的声音。

刑警放弃了,决定回去。过桥时,已经习惯了黑暗的他发现在桥头有一个黑色物体倒在地上。他走过去想帮忙,马上发现那是一具尸体。天色又黑,刑警也没见过樋口,因此他没想到尸体可能是樋口。他没马上联系就在旁边的樋口家,而是跑到了最近的派出所。

很快,深夜的街道上就展开了严密的搜查。

樋口被杀害的时间是在尸体被警察发现前的一两个小时。他的后脑有一块拳头大小的凹陷,那应该是致命伤,此外身体上没有打斗过的痕迹或特殊外伤。聚集到现场的刑警把附近找了一圈,没发现任何类似凶器或遗留物品的东西。

很快就确认了被害人是樋口利男。他的双亲穿着睡衣,分别披着大外套和披肩赶到了现场。对这突然降临的不幸,两个人彻底陷入了迷茫。警方未能从父母口中问出太多的信息。

搜查一课课长半夜被电话叫醒，赶到了现场。辖区警察局的警察首先报告的是被害人樋口和细谷文平之间的关系、在练马发生的道口事故，还有附近电影院发生的抢劫案。警方开始考虑这些事件相互之间是否有某种关联。

一课课长频频点头，之后回头看向股长，耳语般对他说：

"跟前天晚上大久保的杀人案有相似之处呢。"

"呃。"

股长露出他还没想到这一层的表情。

"致命伤极为相似，这稍看一下就知道，也是用什么重物击打后脑造成的。另外是晚上行凶，而且都是在被害人家附近，埋伏在被害人一个人回家的路上。前天那案子是在防护栏下面的隧道，今晚则在桥头。凶手知道被害人肯定会经过那里而事先埋伏好，不觉得这很相似吗？"

"课长认为两件案子是有关系的？"

"不，倒也不是。只是突然有这种感觉而已。"

课长对这件事没有再说什么。

现场勘查该做的都做完了，一行人收队回到辖区警察局，由课长主持开了个调查会议。因为被害人是警方名单中登记在册的小混混，所以大部分人倾向于这是小混混之间的怨恨等引发的犯罪。当前把查找仍不知踪迹的细谷作为重点，电影院的抢劫案也要重新审视。

但是，关于在现场课长突然嘀咕的跟水道公团的职员被杀案的关联，在这次会议上什么也没提到。恐怕除了课长之外，大概没人会这么想，课长也没在会上就此事做任何发言。

9

久野刑警和田岛刑警仍然分在一组，负责走访户塚的人际关系。天气已经基本不太冷了，正好适合走走路，可工作达不到想要的进度。

佐佐木的死愈加能肯定是自认无望的自杀。而这跟户塚的死之间看上去好像有什么关系。尽管又努力了两天，两件事之间始终横着一块如同灰色迷雾般的空间，一点也无法缩小。

由于佐佐木的死，贪污方面的调查彻底搁浅，这直接缩小了户塚案的调查范围。也就是说，要查明户塚的人际关系，特别是与厂商的关系，刑警们凭直觉盯上了一两家有那么一点儿可能的厂商，可未能掌握任何足够打入厂商内部的资料。

跟厂商的关系不明确，户塚也没有交往密切的朋友或熟人。他老家是东北的，从那边没发现可能跟厂商有关系的事实。

还有一个问题，那就是户塚从机关旁边的咖啡店出来，到出现在理发店之间的空白时段尚未填上。

即使这样，久野他们还是好不容易查明，户塚好像偶尔会去距银座后街不远的一家酒吧，并且确定那家酒吧位于桥旁。这已经是第二天晚上的事儿了。

久野找到惠子，说出户塚的事，惠子的表情一下变了。但是在那之前，她轻松得好像早就忘了户塚这个人了似的。

"有个叫户塚的，是水道公团的职员，他经常来这里吧。你也知道，那个人前天晚上被杀了吧？"

久野和田岛并排站在吧台前看着惠子。惠子略低着头，下唇微微突出，一副正在接受责骂的表情。

"我知道。"

"他很早以前经常来这里吧？"

"是。大概从两年前起，他时不时会来，但不那么经常。"

"主要跟什么人来？"

"一个人来的时候比较多。"

"一个人？总是一个人？有时会跟别人一起来吧？"

"嗯。"

"知道是什么人吗？"

惠子摊开双手放在吧台上，表情黯淡下来。

"有一次我看到他跟一个叫股长的人一起来。"

"大概什么时候？"

"一个多月前吧。"

"都说了什么？"

"不记得了。"

惠子露出不胜打扰的表情。正好有别的客人进来,看准客人坐下的时机,惠子倒上一杯水端到了客人面前。

久野和田岛微微对视一眼,喝了口姜汁啤酒。过了一会儿,惠子又回到了两人面前。

"那位经常在别的地方吃完饭之后一个人到这里来。可就算来了,最多也只说些无聊的话。"

"他最后一次是什么时候来的?"

久野像是在做最后的请求般问道。惠子顿了一会儿说:

"他被杀的那天。"

她答道。

两名刑警眼睛一下亮了。

"也是一个人吗?"

"嗯,是一个人。不过他并没有进店里来。"

"那他来干什么了?"

"来请我吃饭。"

惠子像是在边想边说,一点一点地回答。她当然并不是特别积极想配合刑警的问话,但是只要没有对自己特别不利的事情,看来也不像会故意隐瞒什么。

"然后你跟他一起去了?"

"嗯。不过只有我一个人去吃饭。"

"户塚怎么了?"

"去了别的什么地方。"

"这话我不明白什么意思。"

久野探身向前。

"他好像约好了厂商的人在什么地方碰面。不过他不想让人知道这件事,过后被人问到,他想说那时候自己一个人在餐厅吃饭。所以他叫我替他在餐厅吃饭。"

"他跟你是在餐厅前分开的?"

"嗯。"

"你不知道他去了哪里吗?"

久野不抱希望地问。

"一点儿都不知道。"

两名刑警互看一眼,有些失望,然后问了惠子吃饭的餐厅名字就出来了。

"要是能知道他打算去见谁的话……"

久野恨恨地说。两名刑警并肩走在夜路上。

"田岛,你觉得户塚跟刚才那个女人是什么关系?"

"不好说,感觉不像有多深的关系。那女的也没有多难过的表情。"

"我也觉得跟女人有关的可能性比较小,还是跟厂商有关吧?要是能抓到个线索就好了。"

刑警们的前方,几处霓虹灯冷冷地闪烁着。

次日清早,一课课长来到了户塚案的搜查本部,他从主任警部口中听了之后的情况，说起了昨晚发生在深川的樋口被杀一事。

警部好像还没听说这件事。

"又发生了一起案子啊。"

"嗯。"

课长点头，然后加了一句：

"总觉得作案手法相似。"

"你的意思是？"

"难道不是吗？虽然还没找到凶器，但不管是伤口的形状还是位置，在我看来几乎是一样的。而且等在被害人晚上回家的路上，这点也很相似。一个是在桥头里，一个是在桥头，在这种窄路里埋伏也是相同的。"

"让你这么一说倒也是。不过如果两案的凶手是同一个人，那他是杀人狂吗？恐怕被害人之间没有任何关系吧？"

警部用短短的手指摸着自己头发略稀、又圆又小的脑袋。

"大概是吧。"

课长白净端正的脸上蒙上了一层担忧之色，仍是一副无法释然的表情。他的视线移到警部的圆脸上问道：

"两个被害人相互之间没有任何关联吧。"

"难道不是这样吗？"

"但是我们还未能证实这一点。"

"唉，倒也是啊。"

"是不是有证实的价值呢？"

警部的视线对上课长的，说道：

"试试吧。"

警部往房间里扫了一眼，正好这时久野和田岛还留在屋里。他们坐在稍远的地方，正在商讨今天的工作内容，可等课长开始说起昨晚的案子时，就侧耳在听这边的谈话了。两个人说的话完完全全听在了久野二人的耳中，所以等警部看向久野时，久野像是被拉了一把似的站了起来，走到警部跟前。

第三章　扭曲的情事

1

推开大楼正面的大扇玻璃门，上班的男男女女一个接一个地走了出来。他们走下滑溜溜的石阶，沿铺着四方形石砖的人行道朝同一个方向走去。

身穿长大衣的大友道也也是其中一人，褐色的薄底鞋在人行道的石砖地上发出轻微的声音。走过一栋大楼的时候，他用眼角余光扫视到楼旁路边站着的一个穿白色春装大衣的女人。

但是大友既没转头，表情也毫无改变。他那双无忧无虑的眼睛望向马路前方几栋大楼后的天空，空中尚留着日落前的短暂明亮。

他以同样的脚步前行，女人在他身后拉开二十米左右的距离跟着他。女人的名字叫国安敏子，她和大友在同一家水泥厂工作，同属会计课。

大友走到十字路口时正好绿灯亮了，他大步穿过宽阔的马路，敏子小跑着追在他身后。大友个子高，腿也长，敏子在时下的女人之中算小个子。两个人继续保持距离走在人行道上。到了下一个十字路口，红灯亮了，大友站住，手插进裤兜。

敏子总算追上了他，站在他旁边。

"你知道我在等你吧？"

敏子瞥了大友的侧脸一眼。

"是吗？"

大友像是被别的什么事情吸引住了，视线投向马路对面。

"你为什么一个劲往前走？"

"我没一个劲往前走啊。"

"不是说好了今天见面的嘛。"

绿灯亮了。大友马上开始过马路，几乎一口气冲到了急刹车的出租车前。

"有这回事儿吗？"

过完马路大友说。继续走了一会儿，他突然停下，回头看向敏子。

"对不起。"

他低头看着走过来紧挨着自己的敏子苦笑。

"其实我今天晚上突然有事。"

敏子脸颊发白，迎着冷冽的风，盯着大友的眼睛。

"为什么？"

"待会儿我要去陪部长吃饭。"

"这算什么，部长的命令？"

"嗯。是代理商请客，突然跟我说的，反正肯定是说需要周转资金，付款能不能等到下个月之类的话吧，大概都知道怎么回事。部长既然也答应了，估计是打算等吧。其实不去也行，不过部长都这么说了。"

"为什么部长要叫上你？"

"谁知道，可能因为他是学校的前辈吧。"

"我知道。"

"知道什么？"

敏子的嘴巴抿成一字，望着驶过的车流。大友唇角露出一个奇怪的讨好似的浅笑，看着女人的脸。

"部长把你看成他家千金的结婚对象了。"

大友嘴角的笑意微微大了一些。

"这些话你从哪儿听来的？"

"看部长的样子和说的话就知道。还有——"

敏子没说下去，脸颊闪过的神色如同有一阵白色的寒风吹过。

"——你这态度。"

"你说我的态度怎么了？"

"好像很高兴。"

大友嘲笑般哼了一声。敏子的眸子一动不动地盯着大友的脸。

"这样子真难看。"

大友的视线频频瞄着路过的行人。

"我不想背叛自己的心情,我要好好珍惜。"

"今天晚上的事儿跟你说的那些没什么关系。"

敏子没回答。

"总不可能在代理商那帮人面前说什么相亲的事儿吧。"

"好吧,那下次你什么时候跟我见面?"

"哎呀,你别这么咄咄逼人的好不好。"

"不能约好吗?"

"没那回事儿。"

"那什么时候?"

"我不喜欢别人跟我这么说话。我会考虑,不会逃的。"

大友瞅着女人的脸笑道。

"那我信你。"

敏子露出一个胆怯的笑容。大友像是放心了,错开身往前跨出一步。

"总之我得走了,告辞。"

他微微举手示意后走开了,敏子双手合拢放在身前,目送男人离去。等大友的身影消失在人群中之后,敏子才往相反的方向走去。

她一边想事情,一边盯着人行道上四方的石砖向前走。今晚她本打算跟大友一起度过的,愿望落空了。家里父母和哥哥在,但是今晚她失去的,不是传统的善良平和的一家团圆能弥补的,她没有回家的心思。

脚步习惯性地走到了东京站。她的目光落在了屋檐下并排的红色电话机上。她走过去拿起了其中一台的话筒,拨打了一个朋友家的号码。这个朋友平时也不是很想见面的那种,可是她想见见谁说说话。

敏子坐上了山手线,在目白站下车后,到附近的西式糕点店买了盒装的小礼品,来到了位于一条小路上的笃子的小裁缝店。

外墙装着玻璃门的狭窄工作室里,笃子和两个年轻的裁缝正在工作。

"稀客啊,快进来。"

笃子比敏子大几岁,是个大脸盘的高大女人,洗得发白的罩衫外边穿着绿色的毛衣,下半身穿着格子图案的厚裙子。

进了店里面六帖大的房间,笃子说:

"怎么了啊,这么没精打采的?"

她的声音听起来有些尖刻。

"我是来散心的。"

敏子脱下外套堆到房间角落。房间里有一个七八岁的女孩子,伸直了腿坐在那儿看漫画书。她的头发没有光泽,干巴巴的,瘦瘦的脸有点儿神经质,身上穿的也让人觉得有点儿脏。

"是嘛。过得幸福的人是不会来我这儿的。"

笃子的视线滑到女孩子身上。敏子把提来的点心盒拿了出来。

"尝尝吧——"

"破费啦。"

女孩子抬起头往点心盒瞥了一眼,又慌忙收回视线落到书上。

笃子边准备泡茶边说:

"你是来散什么心的?"

"挺无聊的事儿。"

"你想把它当成无聊的事儿来看呗。其实你做不到。"

敏子微微一笑。笃子打开了点心盒。

"哎呀,看着很好吃的样子。洋子你要哪个?"

笃子把点心盒递到女孩子面前,女孩子默不作声地盯着盒子里看了一会儿。

"快,拿个你喜欢的,哪个都行。"

女孩子犹豫着拿了一个,然后蜷起伸直的腿,微微看了敏子一眼。

"小秋你俩过来,茶泡好了。"

笃子对店那边喊道。

两个女孩子打开入口的纸拉门,坐在了门口。

"挺忙的啊。"

敏子说。

"最近有点儿忙。"

"忙点儿好。"

"总得想办法生活下去。"

"不过你肯定能做到的。"

"这不也是没办法嘛,就是惯性地活着而已。你还没结婚,人生之路长着呢。"

敏子没回答,啜了一口茶水。

"像我这样的,年轻的时候匆匆忙忙结了婚,没多久丈夫就死了,人生全被毁了。该怎么说呢——结婚早也有好有坏啊。"

"命运无常啊。"

"这孩子啊——"

笃子看向女孩。

"是我哥哥的孩子。她妈妈因为交通事故死了,我们兄妹俩的婚姻运实在不好。"

"这样啊,真可怜。"

"一个男人养孩子真看不下去。她时不时会像这样到我这儿来玩儿,可我也没法太照顾到。今天晚上也是,本来说好跟她爸爸去看电影的,结果她爸爸因为工作回来得晚,爽约了——洋子,下次再去啊。"

孩子吃着点心默默点头,两个女孩子说:

"谢谢款待。"

笃子对她们说:

"你俩叫人送点寿司来,按人数点。今天实在来不及做晚饭了。"

"啊,我就不用了,你这么忙我先回去了。"

敏子说。

"哎呀,有什么关系,吃了寿司再走吧。你还没告诉我到底来散什么心呢。"

2

敏子以前也跟笃子说过大友的事情。他们的关系两年前就已经开始了,但是感到男人渐渐冷淡起来这件事,她还没跟任何人说过。

叫的寿司送到,开始吃饭的时候,敏子把包括今天的事在内的情况大致都说了一遍。笃子微微蹙眉,像是在责怪那个男人,她听着敏子的话"嗯嗯"地应声。这期间年轻女孩也会时不时在店铺那边喊老师,每次笃子都会离席去指导她们工作。

敏子边说边忍不住觉得,对笃子而言,他人的感情什么的到底没有自己的工作重要,恐怕笃子感兴趣的程度也就是有人给她读了一篇有趣的社会新闻而已。即使对方如此,自己依然想倾诉,这让她感到难堪和恼火。

"结果他会冷淡你,就是因为部长千金的原因啊。"

笃子煞有介事地摆出一副接下来就要由第三方做出公平

公正判断般大义凛然的架势。

叫洋子的那个女孩也不知道有没有听她们两个人说话，安静地吃着寿司。

"哎，这种情况到底该怎么做才好呢？"

敏子看着笃子，像是在催促什么。

"这个嘛——"

笃子把筷子放到了寿司上。

"那位千金跟他，两人相互喜欢吗？"

"我想不是。"

"那样的话就不用太担心——"

"不是的。对男人来说，出人头地好像比恋爱重要哦。虽说会计部长现在只是个普通领导，却是个年轻有实力的人，他的资质好，头脑又好，学历还高，是个正走在成功之路上的人。大友他啊，是部长学生时代的后辈，要是能跟部长千金结婚的话，未来就有保证了不是？反之如果他拒绝了部长的好意，别的什么人跟部长千金结婚的话，那情况就全变了吧。"

"这倒是。"

"我觉得自己特别惨。"

"我挺理解你的，我也觉得你男朋友可恨。不过另一方面啊，像我这样自己工作，好像也不是不能理解男人无论如何都要在社会上出人头地的心情。该怎么说呢，感觉像是被追赶一样。"

"可我得考虑我自己啊。"

"那肯定的。"

笃子忙说,接着换上一副沉思的表情。

"说起来,这种情况下,思考一下对策,应该能想到几种吧。怎么感觉像在探讨人生似的……"

"有什么办法?"

"那我就从能想到的说起吧。准备好了?首先是跟你男朋友苦苦哀求让他回心转意。这是大多数人会做的,不过这种办法有可能会引起反效果,而且有点儿太惨了。第二呢,就是直接去见对方那位领导,或者他家千金,把实情都说出来让他们放手。如果对方是正常讲道理的人,应该会懂的,不过这么一来……"

"这么一来?"

敏子用筷子把寿司仔细地分成两块。

"这么一来,你男朋友说不定会恨你一辈子。"笃子静静地说。

敏子默不作声。两人静静地吃着寿司,没发出任何声音。

"最好就是根本原因不存在了。"

过了一会儿笃子说。

"就是说要我放弃?"

"不是这个意思。你觉得这问题的根本所在是什么?"

"根本……"

敏子看着笃子,一副猜不透的样子。

"刚才你不是说了嘛,因为他想出人头地,所以不能拒绝对方的好意。也就是说,部长是公司里有实力的人吧?如果部长失势的话,那情况就彻底变了。"

"这种事情……"

敏子露出一个落寞的笑。

"你觉得不会发生吧。不过能干的人有时候会能干过头哦。如果是会计部长并且将来能令人有所期待的话,有合作关系的人应该也会盯着他的,所以我想也会有各种诱惑。你没听过那位部长的什么丑闻吗?"

敏子用恐惧的眼神看着笃子。笃子想的是敏子从未想到过的、异常的东西。敏子对此感到不快。

"那种事情要我怎么办?"

"如果有的话就去查啊。"

"我去查?"

"让干这行的人查就可以了,秘密侦探社之类的,只要花上一万日元的费用就能接活。"

敏子沉默下来,像在听远处的人说话一样。

"如果能抓住什么具体的情报,就散播到比部长地位更高的人啦、反对派啦,或者工会的干部那儿去。"

笃子得意地说完,瞄了瞄敏子的反应。敏子脸上反而浮现出困惑的表情。

"传言这东西很可怕的。因为这事儿,就算部长不马上被辞退,在生存竞争激烈的地方,也会处于不利形势。那跟着他的人应该就会改变路线,也就是说部长无法身处主流群体了。而对普通的工作者来说,与其跟脱离主流群体的上司维持特殊关系,还不如跟任何人都保持距离有利。"

一开始,笃子的话确实令敏子感觉浑身不舒服,但听着笃子激情满满的发言,不知不觉敏子就从中感到了某种值得信赖的东西。

尽管还等同于空想,但敏子已经能想象得到,以往英姿飒爽地站在自己根本够不到的地方的部长,可能会因为某种丑闻而脆弱失势。

"如何,这办法?"

笃子沉着地边喝热茶边催促敏子。

"不过话说回来,如果对方真的是那么优秀的人,没有一点可乘之隙的话,那就没办法了。"

敏子依然沉默地用筷子把寿司分成两块。她的行为看在笃子眼里,似乎是正在反复思考这事的可行性。

"他在女性关系上没什么问题?"

敏子摇摇头。

"如果有,那应该也是金钱关系——这么说的话有一件事,虽然不是很靠得住,但他们叫我给账簿记账,所以我知道。"

"什么事情？"

"我们公司有很多销售代理店，原则上代理商要给我们公司现金结算。其中只有一家代理店是用支票付款的，不过只是两个月的支票。"

"这是想钻空子呢。金额大概多少，交易的金额？"

"每个月不同，有五六千万日元吧。"

"那会怎样呢……仅两个月的利息，我算一下，也有七八十万了吧。"

"挺大一笔钱呢。"

"这种事儿只有会计部长能做到？"

"我不知道是不是部长一个人决定的，不过如果部长要是想，我觉得他能做到。"

"只是某个特定的代理商对吧？"

"是的。"

"那两个月的利息两家一分，也是不少钱吧。"

"但是没有证据。"

"所以才说要委托秘密侦探社去查啊，没人能想到是你让人调查这事儿的。"

"想不到吗？"

"想不到啊。"

"但我害怕。"

"怕什么？"

"怕去侦探社。"

"没事的。他们也是做生意,你可以装作是被人派去的。"

两个人吃完寿司,敏子盯着只剩下垫底竹叶的容器沉思起来。对她而言,刚才两个人说的那些内容还非常不现实。

店铺那边两个女生又开始工作了。笃子站起来过去指导,不断提醒女孩子们要怎么缝、要怎么绣,仿佛早把敏子的问题抛到脑后了。

敏子把大衣拽到自己手边。

"我回去了。"

"回去?本来想让你好好在这儿待一会儿的,可你看现在这个样子哎。"

"没事的。我去看个电影吧。"

"看电影?你喜不喜欢看小孩子看的那种?"

笃子走到敏子身边。

"哪种啊?"

"迪士尼的啊。去车站路上不是有家电影院嘛,那儿正在上映。这孩子本来挺期待的,我想带她去看,可又走不开。"

"是啊。"

敏子看向洋子。洋子扬起的视线急急忙忙又伏了下去。她说:

"我没关系。"

"可洋子你不是很想看吗?"

洋子没说话。

"是啊。你要是去的话,我就带你去。"敏子说道。

但是她对这件事并不是特别积极,仅仅是对处境可怜的孩子感到了某种义务。而说到处境可怜,她自己也一样。但她并不会因此对同样处于可悲处境的人感到同情或亲近。

"去吧去吧,反正你爸爸回来也晚。洋子回来之前爸爸会过来接你的。"

笃子自己被工作缠身,没空看孩子,看来正好顺水推舟。

3

洋子这孩子好像不擅长表达自己的意愿,她的心里可能已经留下了失去母亲的阴影。

外边已经黑了。敏子拉着穿红色短外套的洋子的手,从笃子的店里出来。总觉得外套跟这孩子不合适,估计是当父亲的不知道给她穿什么,因为她是女孩子所以觉得红色就好,这是当父亲的男人粗糙的选择。敏子对此感到一些轻蔑和恼火,但对那孩子没有感到同情。

从通往车站的路口拐进一条胡同,就有一个不太大的电影院,敏子牵着孩子的手正准备进去。电影院斜对面好像是证券公司办事处,在那栋贴着小瓷砖的木造建筑二楼的窗户上,一张从内侧贴上去的招牌吸引了敏子的目光。

关山秘密侦探社。在房间里灯光的映照下，能看清贴在窗户上的纸上写的字。敏子感觉自己好像遭到了嘲笑。刚跟笃子说到侦探社，居然这么近就有一家，她觉得这事儿挺滑稽。笃子说那些话时是想到这家侦探事务所了吗？如果是的话，她应该会说出来的。恐怕笃子也没注意过这里有家侦探事务所，只是随便想到什么就说了。

楼外有一个楼梯能直接通往二楼，跟楼下是分开的。仔细一看，除了侦探社还有大大的"麻将"字样，估计二楼是划分成几块分别出租的。

关山秘密侦探社恐怕也不是多大或多出色的侦探社，这让敏子的情绪稍微轻松了一些。不过刚跟笃子说完就偶然看到这家侦探社，让她感到似乎有命运的指引。发现这家看起来不太出色的侦探社，这一偶然说不定会为她打开幸福之门。

敏子回头看向洋子，孩子正在看电影院的招牌。

"哎。"

敏子蹲下来对着孩子的脸。

"阿姨突然有点儿事儿。洋子一个人看吧。"

洋子抬头看着敏子。听了敏子说的话，孩子的脸上没有呈现任何反应。

"乖，阿姨给你买票。"

敏子买了一张儿童票。侦探社并不一定非得马上去，但是敏子首先是感到了某种命运的前兆，她不愿错过这个机会。

此外，她担心要是现在不马上付诸行动，到后来肯定会迟疑不决。

除了电影票，敏子还把一枚一百日元的硬币放到了孩子手里。

"在里面买点巧克力什么的吃哦，看完要马上回去，离得也不远，你一个人能回去吧？"

洋子盯着放到自己手里的东西，呆呆地点了点头。敏子起身离开，等走到证券公司办事处回头一看，孩子还站在电影院的入口看着敏子。敏子对她挥挥手，孩子就转过身去了。敏子向有些陡的楼梯走去。

顺着楼梯往上走，搅动麻将牌的声音如暴雨般倾泻下来。离楼梯较近的那扇门上半部分的毛玻璃上写着"关山秘密侦探社"的字样，里面亮着灯，但没有人在的气息。过了一会儿，传来翻动纸张的轻微声音，敏子深深吸了一口气，敲了敲门。

"请进。"

里面一个沙哑的男声应道。

敏子推开了门。这是一个四方形的窄小房间，开门后一览无余。没有敏子所想象的威严沉重感，反而让人莫名感觉有些不可靠。天花板和墙壁都像是直接在胶合板上刷了涂料，颜色单调。房里有两张办公桌，对着门的桌子前只坐着一个男人。这个男人小个子，头发稀少，眼睛小且凹陷。如果说他是在小学里打了三十年杂的,也不会让人惊讶。

靠里挨着墙的是带玻璃门的书架和钢质储物柜,只有这些勉强能说像个侦探社。

"您有事吧?请坐。"

男人用手示意桌前的椅子。从书架另一边不断传来打牌的声音。

敏子显得心绪不定,畏畏缩缩地坐到了椅子上。男人凹陷的眼睛一直看着她。

"您是想调查什么吧?"

他露出一个礼节性的笑容说。

"是。"

男人把一张纸摊在桌子上,首先在右上角写日期的地方写下了三、十三。

"是婚前调查吗?"

"那个——费用要多少呢?"

"这个嘛,如果是一般结婚前调查的话,五千日元左右。若需额外花费交通费或者其他费用的话则按实际费用收取。"

"现在我手头没那么多。"

"没事儿,您也可以分期支付。"

"这样啊——其实不是婚前调查。"

"哦,这样啊。"

"而且绝对不能让对方以及相关的人知道有人正在调查这

件事。"

"我明白。这点你当然可以相信我,我会十分小心,而且跟你联系时也会用我个人的地址和姓名。那么请讲一下您想委托什么事吧。"

敏子隐瞒了自己是当事人的下属一事,说怀疑部长跟交易方之间有不正当行为。说着说着她渐渐恢复了平静,涌起了绝不能让这份努力白费,而且认为这不会白费的十足信心。

过了三十分钟,敏子从侦探社出来了。她看向电影院前面,自然不见洋子的身影。敏子急匆匆地向车站走去。

4

晚上十一点左右,斜对面水果店的人过来叫敏子,说有电话找她。是笃子打来的。

"你知不知道洋子怎么了?"

声音带刺,像是在责怪她。

"怎么了——她没回去?"

"没回来啊。"

敏子想起一开始从笃子家出来的时候是打算跟孩子一起看电影的。

"那是怎么回事啊!我啊,突然有急事,就买了票让她一个人看,我们在电影院前面分开了。"

"那你没跟她在一起啊？"

笃子惊讶得提高了声音。

"没在一起。"

敏子软弱地回答。

"那可麻烦了。她爸爸都来了，孩子回来实在太晚，他就去电影院接她，可电影早结束了。我以为你会送她回来呢。"

"抱歉。"

"这时候说抱歉有什么用。她会被人带到哪儿去了吗？"

"不会出那种事吧……"

敏子的声音胆怯起来。

"本来就是，我也想她是不是回自己家了，可她又没钱。"

"啊，钱的话她有。"

"为什么？"

"我给了她一百让她买点零食。跟电影票一起给她的。"

"这样？那可能是吧。我跟她家里联系一下。"

"真对不起。希望没什么事吧——"

敏子的话没说到一半，笃子就挂了电话。水果店的人正在关木板套窗，敏子道谢后回家了。她心底沉淀如同墨汁般的冰冷恐惧，可那之后笃子没再联系她。

第二天，敏子跟平常一样到公司上班。公司在一栋很新的大楼里。天花板很低，几乎没有隔间，宽敞的空间整齐排着粗粗的四方柱子。桌子被分成几个区域，对外的墙上全贴着玻璃,可房间中央天花板上嵌着的荧光灯是亮着的。

敏子坐在大友的斜对面,两个人从早上开始就没说过话。敏子心里的怒气已经消失了,取而代之的是压抑沉重的紧张感。

旁边课室送来明天要定期体检的传阅单,敏子拿着传阅单走到大友桌边:

"怎么样?昨晚——"

大友正在拨打算盘的手抬起来,抹了一把脸。

"哦,可要命了。部长太厉害,后来还被带去酒吧,累坏我了。手指好像还肿着,算盘都打不动。"

"这样啊。"

"部长身体真好,今天一大早就去打高尔夫了。"

"好像是呢。"

"唉,饶了我吧。回头我补偿你。"

大友压低声音说。

"好啊。"

敏子回到自己的桌前,但不太有心情工作。她隐隐感到不安,怕关山偷偷跑来这里调查。敏子对关山隐瞒了自己在这里工作的事情,也要求他不要去部长工作的地方打探消息。

受到这些限制,敏子不知道关山要怎么调查。可关山同意了她的要求。尽管这样,关山会不会不守承诺,走捷径跑来这里调查,这份不安怎么也挥之不去。

每当走廊那边的门有人进出，敏子都会很在意。幸好关山没有出现，或者说他今天可能还没开始着手办敏子的委托。

敏子的视线时不时也会向大友投去。大友注意到她的视线，就会露出一个真诚的笑脸。看着他的笑容，敏子猛然觉得会不会是自己想太多了。如果是的话，那昨天晚上受笃子教唆而做出来的事，感觉就成了极度偏离正轨的坏事，仿佛自己成了罪犯的压抑的不安感冷冷地沉在心底。

到了中午，敏子也没有心情去吃饭。她上屋顶去寻找大友的身影，看到他在那边的篮筐跟同事们玩投球。敏子背靠沐浴在阳光下的墙上看他。没多久大友注意到她，来到她身边。敏子虚弱地，仿佛阳光刺眼般扯出一个笑脸。

"你好像没什么精神啊。"

大友点上烟，啪地合上打火机盖子。

"那个——"

敏子垂下眼帘，像撒娇般说道。

"什么？"

"我啊，想知道真相。"

"什么真相？"

"部长千金的事儿。"

"哦。"

大友轻巧地应着，朝四周看了一眼。在篮筐下面，包括女士在内仍有四五个人在轮流投球。围住屋顶边缘的高高的金属网边上,有男人在挺胸远眺,还有两个穿制服的女人相互把手放在对方背上。

"没有什么值得一说的啊。"

"你不用瞒我。你喜欢部长的千金吗?"

"怎么可能。"

大友故意轻佻地说,口气像是接下来要说那位千金的坏话,敏子温柔地打断了他的话。

"我知道了。"她说,"不过……这件事,部长和你之间至少谈过一次吧?"

大友像是在思考什么,没有马上回答。

"部长像是开玩笑一般地提起过,但那是老早之前的事儿了。"

"部长对你另眼相看,这我也知道。可对你而言,如果部长跟你说到这事,你也不好回答吧。"

"没什么不好回答的。不愿意就说不愿意,拒绝就行了。"

大友用像小混混的口吻说道。这仿佛表现出他的真心未必如此。

"你要是为了自己的将来,觉得那样比较好的话,我想也是没办法的事。"

"你说什么呢。我可没那么想过。"

大友好像有些不高兴。他的眼睛想笑,可脸颊的肌肉在一抽一抽地颤抖。

敏子感觉到了男人心中的空虚，那就像穿过大楼屋顶，向着因煤烟而浑浊的港口方向急急吹过的风一般。那风也吹过了她空旷的心。敏子从墙边离开，向电梯走去。

5

三天后，关山发来了快递。敏子一走进自己那间光线不足的三帖大的房间，就看到一个信封被认真地摆在小桌子上，大概是妈妈收下后放在桌子上的。在收拾得整整齐齐的桌面正中央郑重摆放的信封，仿佛也显示了放下信封的人对此很关心，又让人感觉有一种无法马上拿在手中的重量。

敏子望着信封背面用粗笔写着的"关山信太郎"几个字，想起了那张圆脸和凹陷的小眼睛。她直到现在也无法判断自己去侦探社的行为是对还是错，但是她投出的石头已经让关山在行动了，事到如今已无法叫停。这虽是她的责任，可她试图把这一切看成是在距离自己很遥远的地方发生的事。

敏子坐到桌子前，用剪刀剪开信封。里面装的是复印后用订书钉装订起来的报告书，封面写着"关于森井八郎的调查报告，其一"。

第二张纸详细写着关于D水泥的会计部长、董事森井八郎的个人情况，从他的原籍到毕业院校、经历、家人、兴趣、参加的团体等都记录得非常详尽。其中大部分都是敏子已经知道的，或者是不感兴趣的事情，恐怕是从名人录之类的地方摘抄出来的，多多少少添改之后的东西，也能看出把不用费什么劲就能弄到的，其实没什么实际意义的信息写得如此详细，是为了让报告书看起来更有分量。敏子觉得有些恼火。

关于她需要的信息，只在结束的地方提到了一笔。

"……关于森井氏与其公司的主要代理商村上商事之间是否存在特殊的密切关系一事，在下述条目上存有疑点。

"第一，D水泥和村上商事的交易额今年上半期达到约三亿六千万日元，其中两亿日元以见票即付的期票形式支付，这和其他代理商几乎都以现金结算有明显不同。

"第二，森井氏对如何处理代理商交付的佣金有独断决定的权限。

"第三，森井氏与村上商事的专务董事村上进氏之间有特殊的亲密交情。他们是同一家高尔夫俱乐部的会员，日常一起打高尔夫球。最近的接触是三月十三日晚聚餐，第二天在高尔夫球场共度一天。

"从这几点来看，可猜测森井氏有滥用职权的嫌疑，具体情况还需等待今后的调查……"

关山的报告书大致都是这样的内容，资料的体裁极为讲究形式。敏子读完之后，总觉得不太可靠。因为报告书中所写的东西基本没什么实质内容，也感觉不到关山为了调查付出了多大的努力。

委托关山调查会不会引起大骚动的担心有所减轻，同时她开始后悔委托了一个不太能起作用的、靠不住的人。敏子把信装回信封里，打开衣橱塞进了内衣下面。

第二天，敏子照常上班。大友跟敏子的视线一对上，就会给她一个爽朗而带着亲近的微笑，但他没提约会的事儿。

午休的时候，敏子一个人在空房间里织一副蕾丝手套。大友的事儿还有部长的事儿在她脑中转来转去，可她的脸上仍是一副专注于织手套的表情。

背后有大踏步走来的轻快脚步声靠近。

"喊，居然一个人都没有。"

一个年轻的声音说。敏子停下手中的活计回头看，面前走来的是村上商事一个叫重田的员工。

"现在是午休时间啊。"

敏子说。

"真要命。让我中午之前来，可我跑了两三个要征收的地方就过点儿了，鞋底磨扁了，肚子也饿扁了啊——"

重田重重坐到了敏子旁边的椅子上，点上一根烟，扫视着天花板。

"既然都是工作，我倒是想在这儿工作，冬天有暖气，夏天有冷气。我们那儿啊，冬天是冷气，夏天是暖气。"

"谁叫你来的？"

敏子继续织着手套。

"课长啊。"

"找你干什么?"

"应该是要谈这个月到账的款项计算吧。"

"应该赚了吧。"

"谁知道呢,跟我的工资也没关系。课长出去了?"

"去吃饭了吧。"

"那我等等吧。"

重田摊开桌子上的报纸,视线移了上去。敏子默默地继续织手套。

过了一会儿,敏子双手放到桌子上,盯着重田的侧脸。不久,重田感觉到了她的视线,露出一个"怎么了"的茫然浅笑。

"哎,重田你知不知道?"

"知道什么?"

"我们部长跟你们公司是不是有什么特殊的关系啊?"

"什么样的特殊关系啊?"

重田把报纸叠了起来。

"部长跟你们那儿的专务不是关系特别好吗?你们那儿的付款好像也总是特殊处理。"

重田浮现出一个忌惮着周围且别有深意的笑。那笑里带着一副满足的神色。

"说不定是这样的呢。"

"就是这样吧?"

"哎,也许关系特殊吧。"

"跟你们那儿的专务不是朋友嘛。"

"现在是啊。不过交上朋友之前专务大概也费了不少劲儿吧。"

"那就是干了不少事儿呢。"

重田的视线从敏子身上移开,用叠起来的报纸在桌子上咚咚地敲着。

敏子拿起蕾丝手套继续织。

"他们那些高层的人的世界是怎样的呢?我有时会想象。自己身边有很多工作,好像很忙,好像不管哪个都很有趣,还有不少好事——"

重田还在敲着桌子,他的眼睛茫然地投向对面窗户的方向。

"人要是不想往高处爬,那都是假的。"

"不是所有人都能爬上去吧?"

"你别说出去啊。"

重田的声音显得呆愣无力。

"我们每个月给森井部长的东西有十万左右呢,当然他给我们的关照远不止这个数。"

"那都是他自己的钱吧。"

"应该是吧。"

"我要是有那十分之一也好啊。"

"把那再分一半给我也行啊。"

"真没出息。"

"出差也不用交通费。"

"什么?"

"森井不是要去大阪吗?"

"是吗?"

"让我买回程的车票。"

"好奇怪啊——"

敏子的手放到了桌子上。

"要是出差的话,不管是谁去公司都会出车票的,不用钱是理所当然的啊。"

"回程也是?"

"只要知道坐哪趟车,不管怎么说都不可能自己出钱的。"

"也是啊,那为什么要让我们买呢?"

"因为自己买嫌麻烦啊。"

"让你们的支店去买不就好了?"

"是啊。"

敏子偏偏头,又开始织手套。重田双臂伸直打了个呵欠,像是无聊般不再作声了。

"哎——"

过了一会儿,敏子小声说。重田又看向她。

"部长回来的车是什么时候的？"

重田默默地动了动身体，手伸进上衣的内口袋。

"票在你手上？"

"叫我给送过来。"

重田看着车票。敏子探头过去看。

"是后天大阪九点出发的特急。"

"这样——"

重田把票收了起来。敏子继续织手套。

午休结束后，敏子一边慢吞吞地打着算盘计算支付票据，一边在想从重田口中听来的那些话。那似乎确实说明了敏子想达到的目的并不是毫无依据的空想。

森井部长和村上商事之间应该有某种私底下的交易，但是目前为止得到的材料——关山的一通报告及重田闲聊中无心提及的事情，看起来都没什么力量能够攻击森井。

那该怎么办呢？敏子的心情一点点变得积极起来。关山不太靠得住一事和幸运地从重田口中问到的一点点事情，让她产生了自己也可以稍微积极一点去调查的心情。

她在意的是那张车票。她知道公司的领导们平时都非常繁忙，行程都是由各部门的后勤妥善安排，去什么地方、坐什么交通工具及会场位置等全都事无巨细地安排妥当。

如果部长要去关西出差的话，从出发时送去车站的车到回来去车站接的车，应该都有人具体负责，部长让村上商事买票这件事很奇怪。她不觉得部长让厂商的人买票，是为了从中贪下交通费，但是重田也没有道理说谎，部长让他们买票应该是真的。

敏子拿起桌子前的话筒，想了一会儿又犹豫了，之后才打给了部门的后勤。一个女同事接起了电话。

"我想问一下啊，部长去关西出差什么时候回来？"

"部长啊……"

对方似乎在问别人。

"大后天早上，中午会来公司。"

"哦，大后天啊。就是大后天早上到东京吧。"

"是啊。有什么事吗——有事的话这边跟部长说一声？"

"不用，没事的。谢谢。"

敏子急忙放下话筒，又开始打算盘，但她平时灵活纤细的手指此刻颤抖得可笑。

这下就知道森井部长为什么要让村上商事买回程票了。在公司的官方行程中，部长是大后天早上到达东京，中午来公司的。票当然已经买好交给部长了，可是他准备了另外一张头一天傍晚到达的车票。也就是说，部长可以在东京度过一个不被公司知道的晚上。

为什么他要隐瞒这件事呢？那天晚上他会在哪里度过呢？

敏子的手指始终不停地颤抖。

6

东京站正值客流高峰，敏子在八重洲站中央口的候车室里等候。

列车到站前五分钟，她从候车室的沙发上站起来，两手插在大衣口袋里，一侧的手腕上挂着手提袋，在人群匆匆来往的车站广场向检票口径直走去。

她感觉自己面部的皮肤就像暴露在干燥的冷风下一般紧绷着。进入检票口，走到通往列车到达站台的楼梯下。她抬头看了一眼楼梯，两手依然插在大衣口袋里，开始一步一步爬楼梯。

她记得森井部长乘坐的客车号码，但是东京站有六个出站口，她不知道森井部长会从哪个口出去。除了从站台开始跟踪外没有别的办法。

敏子向车站工作人员询问了列车一等车厢的停靠位置，走到了那附近。

列车按时进站，每个车门都有络绎不绝的乘客下车。敏子站在稍远的地方望着车门。森井部长提着一个皮旅行包下车后，跟其他人一样大步穿过站台向楼梯走去。等拉开一定距离之后，敏子跟在了他后面。

森井部长从丸之内那边的南口出去了，因为没有安排公司的车来接，他一出站马上向出租车乘车处走去。敏子搭上森井部长坐的出租车后面那辆,部长估计压根儿想不到有人在后面跟着自己。

"跟着前面那辆车,但请别跟太近,我不想被发现。"

敏子对中年司机温和地说道。路上到处都因傍晚的高峰而堵车,车子开开停停,差点儿被困在太多车辆之中跟丢了目标。

森井部长坐的车向南方开去。从芝开过目黑,在目黑站的前面从电车道路拐进屋敷町,拐了一两个弯向前开了一会儿之后,车停住了。

车停在一面石板墙前,墙内有一栋水泥建的对着马路方向的四层楼公寓。看到森井拎着旅行包走进石门之后,敏子下了车。

等出租车开走后,四周一片沉寂。傍晚的天色已经暗了下来。马路两侧修着各种不同形状的围墙,几乎看不见一个行人。敏子脚步急促地走到大门处。这栋楼有四个楼梯间,敏子走到大门的时候,森井部长的身影正好消失在从对面数过来的第二个楼梯间里。

她走到楼梯间的入口,听到往上走的脚步声。一步一步踩在水泥地上的声音在静静的楼道里回响,接着响起在楼梯转角平台转身时踩踏地面的声音。敏子一直在竖着耳朵探听。

脚步声终于停住了,过了一会儿响起关门的声音。敏子判断森井部长进了三楼右边的房间。她开始爬楼梯,虽不想出声，但高跟鞋细细的鞋跟发出的声音依旧在楼道内回响。

到了三楼，她脚步不停地边走边看了看那扇门的旁边，不大的名牌上写着"胜田"两个字。敏子直接上了四楼，然后又下来，等到了楼下，她绕到公寓楼的后面。每个房间都有阳台，三楼那个房间的阳台上晾着女性内衣。

公寓楼静悄悄的，无论何处都没有人的气息，仿佛一只悄悄屏住了呼吸的生物。敏子微微打了个冷战，离开了公寓。

敏子知道森井部长的家在驹込那边。部长为什么不回家，而是来了目黑的公寓呢？他不告诉自己身边的人，改变了出差的日程，恐怕他也没告诉自己家里人。

敏子想，那公寓的三楼房间里住的是部长喜欢的女人，这应该没错。花销是靠从村上商事收取的金钱来维持的，因此他对村上商事特殊对待。

如果这是事实的话，只要能拿出明确的证据，或者让相关的人知道的话，那森井部长将来的命运肯定会彻底改变。但是，要怎样拿出证据呢？推开那扇写着胜田的门进去，这事儿敏子实在做不出来。

走出小巷来到电车道路上，路边有个公共电话亭。敏子走过去打开门，从手提包里取出笔记本，找到关山的号码打了过去。

"喂。"

关山冷淡嘶哑的声音马上从电话那头传来。敏子想象了一下关山一个人坐在屋子里的情形。哪儿也没去，就是不忙嘛。

敏子编了套说辞，好尽量不让对方察觉自己在森井部长的公司工作。她把森井部长从村上商事那儿收取钱财和好像在目黑的公寓里养着情人的事告诉了关山。关山似乎很感兴趣，边听她说边不断附和。这人既感觉靠不住，看起来又像个老好人。敏子委托关山再深入找出这件事的实在证据。

"好的，我会去做。"

关山斗志昂扬地回答。

敏子回家了，在家里也没怎么跟家人说话。她觉得自己好像跟所有人都隔绝起来。

她一边暗暗等关山的回信，一边每天上班，安静地工作。大友到底没有邀请她，敏子自己也没提。对她而言，她觉得在这个问题解决之前，好像无法安心跟这个男人见面。她想如果成功了的话，大概就没什么可担心的了，反之要是不成功的话，那时候也许已经没有纠缠这个男人的力气了。看着眼前的大友，敏子时不时会极为渴望得到他，但她压抑住自己的情绪，跟谁都不怎么说话。

那之后敏子也没再去找过笃子，对似乎走丢了的那个女孩子她虽然在意，可那之后没有联系，应该没出什么大事。

敏子不主动去联系的理由是之前也只是偶尔想找个人陪才想起来去找笃子而已，可就算对她也不想说出自己真的找了侦探社的事情。

过了一个星期，敏子下班后收到了关山的第二次报告。

7

报告书开头的部分强调说，侦探社费尽心思做了许多调查，所以花了较长时间。

"……而关于森井部长和村上商事之间发生的金钱交易一事，调查内容如下：

"村上商事每个月付给森井部长五万日元，日期大致是在月底。该金额从村上商事的销售经费中拨款。没有森井氏开出的收据，似乎是村上总经理的票据所开。

"支付的名目是顾问费。也就是说森井氏接受委托对村上商事会计上的工作进行指导，作为其报酬收取五万日元。

"某公司的领导兼任其他公司的领导，或者以顾问、咨询等名目参与其经营并非违法，森井氏的情况在公司内也是公开的事实。

"因此，无法举证森井氏为了这五万日元的报酬，对村上商事的付款予以特殊照顾，并因此对自己公司造成不利。

"与其他代理商相比，村上商事用见票即付的期票付款所占的比例大确实是事实，但这可看作一时经营不顺，D水泥方面出于重振该公司的考虑而采取的阶段性处理。身为一家水泥公司，在与其他厂商的竞争中，培养自己公司的代理商是极为重要的，这点自不待言。

"其次是与居住在目黑三光庄的叫胜田的人物之间的关系，调查结果总结如下。

"胜田是位男性。

"胜田和森井的关系为高尔夫球友，同时也是麻将牌友。

"森井部长从关西回来的晚上，与包括胜田氏在内的两名友人在该公寓打了彻夜麻将。此事亦可通过附近的荞麦面店当天晚上送了四人份的外卖一事佐证。

"森井部长去关西出差的时候，安排好车票之后计划似乎发生了变化。他好像打算接受胜田之前的邀请，一起打麻将。这是森井氏个人的情况，因此没有对外宣称改变行程。委托村上商事买票，票钱也已支付。

"森井氏隐瞒家人打了一夜麻将，这是他个人的家庭问题，并非任何不正当行为。

"因此森井氏在三光庄养情人这一推测不成立。

"如上所述，本调查的结果与您所期待的明显相悖，可客观事实无论如何无从改变，而且先入为主的偏见反而会对您不利，因此如实报告调查的结果……"

敏子把报告书放在桌子上，呆呆地坐了好一会儿。

她的期望统统落空了，可是她从心底感到有什么东西无法释然。那也许是基于一开始对关山抱有的不信任感，但这报告书的内容本身有什么东西让她觉得不对劲。

开头跟村上商事的金钱关系，总感觉像是把森井本人被问起时可能为自己辩解的话语直接用在了报告书上。

其次关于目黑的公寓一事，敏子也没去确认胜田这个人是男是女，只是从前后的情形和晾在阳台的内衣认为是女人。既然晾着内衣，至少肯定有女人在。敏子不记得她给关山打电话的时候是否说了内衣的事。

麻将或许是打了，也可能确实叫了四人份的外卖，可要是去怀疑的话，是否打了通宵麻将还不清楚，说不定打到半夜，两个人回去了。当然这两个人肯定是了解内情的。

不知道关山是从哪里调查出部长打了通宵麻将的事，如果只是根据半夜叫了四个人的外卖和森井部长那天晚上没有回家推测的话，理由尚算充分。

但是关山对胜田这个人做了某种程度的调查，这在森井部长从村上商事收取报酬的问题上也一样，跟之前的报告书不同，这次关山似乎也稍微做了些调查。然而尽管如此，结论却像是在为森井部长辩护。

也许事实就是如此，如果是这样的话也没办法。可关山的调查不够彻底，或者说森井部长更胜一筹。敏子在收到笃子的暗示之前，从没想过要把森井部长的私生活曝光，用让他失势这种非常手段。可现在干都干了，这时候放弃总觉得心有不甘。

敏子一脸悻悻地把报告书收进了衣橱的抽屉里。

第二天快到中午的时候，敏子碰到了从公司电梯里走出来的关山，当时敏子要把资料送到楼下营业部，正在走廊上。他们之间有一段距离，关山好像没注意到敏子，她急忙下了楼梯，然后回过头，看到关山穿过走廊，向会计部走去。

敏子折回来跟在关山身后，关山打开后勤处的门进去了。这条走廊贯穿大楼的中心线，连接起电梯间、楼梯间、洗手间等。整条走廊夹在涂着淡色光滑涂料的墙壁之间，靠天花板上荧光灯朦胧的光线照明。尽管还算清洁，但仿若没有感情的社会内脏一般。

敏子回到电梯前，望着走廊。不久，关山和后勤处的女职员出来了。他们到了走廊上又马上进了对面的房间，那里是接待室，女职员马上又出来了，然后没过一会儿，就见那名职员用托盘端着茶杯送到了接待室。之后又过了一会儿，森井部长从后勤处的房间门里走了出来，以他独有的像是进攻般匆忙的步伐走进了接待室。

敏子急急忙忙把怀里的资料送到营业部，回来的时候从接待室前面慢慢走过。可是由于这栋楼的构造，从走廊是听不到接待室里的说话声的，走廊上随时可能会有人经过，也不能停下来不动。

敏子又回到了电梯间。等了五分钟，部长和关山从房间里出来了。是关山先出来的，他似乎频频在向部长低头致意。

部长单手撑着后勤处的房间门，另一只手插在裤兜里，侧身对着关山。部长进了房间，关山再一次低头致意之后，朝敏子的方向走来。

敏子进了洗手间。她从部长和关山的样子猜出了大致情况，不知道关山是什么时候直接找到部长的，大概是从敏子跟他说了目黑公寓的事儿之后吧，关山肯定去找部长跟他说了这件事，他的报告书可能就是森井部长自己说的话。

关山为什么要这么做？他应该是以为能从森井那儿得到比敏子更多的东西吧。这也是一种两面派。看他们刚才的样子，估计关山一定程度上达到了目的。

敏子觉得自己映在镜子里的脸苍白干燥，那不仅仅是荧光灯的原因。敏子没跟关山说自己在这里工作，但是说了自己的真名，关山见了部长，跟他说了多少是个问题。森井部长大概不知道敏子的名字，但他可能会对调查自己的人产生兴趣，也许会翻看公司的内部名单。森井部长会采取怎样的行动呢？

敏子从洗手间出来，已经不见关山的身影。她回到了走廊上，在覆盖着柔和灯光的四方形的狭长空间上，她边走边感到要跟身居高位的男人争斗，自己远远没有胜算。

眼前的门开了。敏子停下脚步，面前是森井部长。敏子闪身躲避，靠在一侧墙上。不过部长没看向她，他微微蹙着眉，似乎在看远处什么地方，一脸不高兴的表情，径直向电梯走去。身后一名女职员拎着部长的包跟着。在电梯前,有人对部长行礼,部长微微点头,抬头看着电梯门上方的灯。

8

快下班的时候,有传言传到了敏子的耳里。那是坐在旁边的同事告诉她的。

"听说部长病了?"

同事用询问的口吻对敏子说。

"什么病?"

"你不知道?"

敏子表情茫然缓缓地摇了摇头。

"上次的定期体检发现部长的肺上有空洞……"

"空洞?"

"就是结核啦。"

"是吗?"

敏子的表情显示她还未能完全消化这句话。

"说是要住院。"

"那么严重吗?"

"好像是哦。"

"可他看起来那么健康。"

"有的人就是那样。自己完全没有感觉,等病情加重,知道之后一住院，一下子就不行了。这种人——"

"这样啊。"

"真吓人。你没什么吧？"

"没啊。"

"果然不能小瞧了定期体检，要好好检查。部长他啊，肯定是太忙了，之前都没好好体检过，因为是领导，也不能啰啰唆唆催他。我们要是不体检，厚生课①肯定要来说。"

敏子感觉这些话不像是真的。她的目光没有焦点地落在摊开的账簿上。旁边同事开始打起算盘。敏子偷偷抬起眼，看向大友，他正低着头工作。敏子盯着他的侧脸看了一会儿，可大友没抬头。

敏子也能想象，若是会计部长的结核症状严重到不得不住院的话，是没法继续干那些繁重的工作的。如果那是事实，就会有人来临时代替，最终可能让其正式上任，那森井部长会担任其他闲职吧。虽然也要看病情，但下期的董事选拔可能就会很困难了。没当上董事的候选者大有人在，相互竞争之激烈就连敏子她们也能窥见几分。

是辞职，还是成为子公司的领导，这还不知道，但毫无疑问，部长将远离走向成功的主流群体吧。

敏子又抬起视线看向大友，这次他注意到了，看着她笑

---

① 负责医疗卫生及生活保健等的部门。

了笑。不知是不是敏子的错觉,那双眼睛里仿佛漂浮着孤独的迷茫。

扩音器里传来通知下班的铃声,宽敞的大房间里响起收拾桌面的嘈杂声音。

敏子跟在大友后面,坐同一部电梯下楼,若无其事地跟在他身后走出大楼。走了一会儿,等到附近已经看不到公司同事了,大友缓缓回过头来,敏子急忙走到他身边。二人并肩往前走,大友说:

"好久没聚了,一起吃个饭吧。"

敏子点点头,抬头看着大友的脸。

在餐厅铺着白色桌布的桌前坐下后,敏子用热毛巾边擦手边说:

"听说部长病了?"

"听说是。"

大友答道。

"相当严重吗?"

"好像是。"

敏子不知道该怎么把话说下去。尽管大友突然邀请她吃饭,相当于给了她一个交代,可是她想确认一下。与此同时,她又怕难得大友邀请她吃饭,要是她说了奇怪的话,破坏大友的情绪也不好。

菜送上来,敏子边吃边提起了话头:

"部长千金的事儿，后来怎样了？"

"嗯——"大友动了动嘴，先是含糊地应了一声，过了一会儿又说，"这一来部长也顾不上他女儿的事儿了吧，我大概也不用再为这事儿心烦了。"

"是不是说你失去了一个机会呢？"

大友扬起视线微微看了敏子一眼，他的眼睛里露出烦躁的情绪，但看起来他把那情绪压下去了。

"这不到自己死的时候是不会知道的。"

"是啊。"

敏子抬起头，那明亮的微笑中浮现出因为说了讽刺的话而抱歉的心情和感激的念头。

两人之后没再提到部长。吃完饭，两人去舞厅跳舞。敏子把自己的身体往对方身上压去，明显得对方也能感觉到。

两人十一点多才分开。敏子在从私铁车站通往昏暗住宅区的路上边走边觉得自己的脸颊还在发烧，她用手摸摸脸颊，露出笑容。路上前后好像一个人也没有，她用右手抡着手提袋。

对她而言，所有的障碍都清除了。委托关山调查一事现在看来全是白费，她压根儿没想过部长会病倒。世上的事儿真是难以预料、变幻莫测，而她对这种完全预料不到的发展也感到有趣。

付给关山的钱她也没觉得太可惜，大概什么时候能拿来当笑话跟大友说起吧……

她骄傲地挺起胸。人生真是太有意思、太精彩了。小河上有一座石桥，她抡着手提袋过桥。手提袋打到腿上，袋口开了，然后响起什么东西掉到地上的声音。她弯腰想去捡，可紧接着她以弯着腰的姿势猛地向前一冲，摔倒在地，之后就在黑暗的路上一动不动了。

9

"久野查的案子有进展了吗？"

课长第一次开始催促这事儿，警部看着课长不高兴的脸。

"户塚和樋口之间看出有什么关系没有？"

课长又问了一句。刑警们全都出动了，房间里空荡荡的。

"距樋口遇害正好过了一个星期，昨天晚上是一个女人。"

"又有人遇害？"

"国安敏子，二十五岁。在水泥公司的会计部工作，一个普通女职员。"

"相同手法吗？"

警部紧盯着课长的眼睛。

"完全相同。都是在晚上，而且在家附近的回家的路上，过完一座小桥的地方。后脑遭钝器击打导致凹陷性骨折……"

课长重重吐出一口气。警部拿出打火机给课长嘴里叼着的烟点上火。

"到第二个人为止，还有很大可能是偶然的类似。让久野去做的调查，对结果我也不太有信心。但是都三个人了，我不觉得是单纯的偶然。"

课长望着远方，吐出一口烟。

"会不会是癫狂的随机杀人魔呢？"

"也许是，如果三个被害者之间没有任何关系的话。所以我要你去查明到底他们有关系还是没关系。"

"到现在为止都没什么有进展的报告，看来还找不出其中的关联性吧。"

"你怎么想？"

"现在还不到说出自己想法的阶段。"

课长冰冷沉静的眼睛瞅着警部。

"非常抱歉。"

警部加了一句。

"我这就回去跟部长商量把三起案件的搜查本部一并设到总部一事。而对久野在跟的那方面，我认为应该增派一些人手。"

"到底会是什么呢？"

"什么？"

"连接起三起杀人案的东西。"

"不知道，但是人生中总会发生预想不到的事情。被杀害的三个人也一样,他们是否知道自己为什么会被杀害呢?"

"如果是这样的话,活着也是件可怕的事儿。"

警部圆圆的脸上流露着苍白的疲劳神色。课长站了起来。

"总之等久野回来之后,让他去调查国安敏子的案子。这次要把三个人的关系梳理一遍。"

"知道了。"

警部站起来目送课长离开。

久野和田岛把户塚和樋口各自的情况都大致查了出来,其中也包括了户塚和惠子的男女关系、经常和户塚去喝酒的厂商和餐馆、户塚让惠子写信等事情。樋口那边,除了跟细谷的关系之外,还加上了细谷被捕一事。细谷把什么都交代了,而且坚持说电影院一事全都是樋口计划指挥的。

但是就连这些事情之中,仍有尚无法深入明确的情况。公团内部是如何处理户塚的警告信,又是如何反作用到佐佐木股长及户塚自身的,以及对公团关系的总体调查等还未能梳理清楚。

还有跟厂商收受贿赂相关的具体事实也未能明确。而最搞不清楚的是户塚和樋口的关系。

久野觉得某个地方应该有条连接起户塚和樋口的狭窄阴暗的隧道,而那条隧道的入口也许就在警方眼前,只是大家并不知道那就是隧道的入口。把这个入口找出来是他现在的工作。他想过惠子可能是那隧道的入口,所以对跟惠子有关系的男人——有好几个人,他一个一个查了过去。

而樋口那边他尝试盯住则子。则子也有好几个男朋友,但是不管久野如何挖掘,仿佛到处都是坚硬的山,没有一个地方能打开一个洞。

久野和田岛并肩拖着沉重的脚步。田岛现在似乎也不再指望这位老练的前辈能给他展现什么出色的工作能力了。

久野用路边的公共电话联系了总部。从电话亭里出来的久野蒙尘的脸上表情更为凝重,他看着田岛说道:

"都这样了,急也没用。虽然稍微早了点儿,咱们还是先去吃荞麦面吧。"

"去哪儿吃?"

"昨天晚上好像又有人遇害了,手法似乎极为相似。这次是个女人。"

"啊——"

两个人进了就近看到的一家荞麦面店,点了浇汁荞麦面。久野在脏污的桌子上摊开一张已经很旧了的分区地图,用指甲略宽的手指指着地图。

"一开始是在山手的这里;过了一天,是在下町;那之后已经过了五天,这次是在南郊外的住宅区。案发地形成一个三角形。被杀的有公团职员、街上的小混混和在丸之内工作的职业女性。到底是怎么一回事呢?"

荞麦面送上来后,久野折起地图,塞进了大衣口袋里。

"真是奇怪的组合啊。"

田岛掰开一双一次性筷子,往面里倒了些七味粉。

"正常来说,把它们看成是互相没有关系的案子比较自然。只是作案手法极为相似,相似得几乎可以断定是同一个凶手所为。可相同点只有手法,其他什么都没有,要是能找到别的什么相通的东西……"

久野突然不说了,把荞麦面送进嘴里。

"本来之前只有两起,这回有三起了,我感觉会出现点儿转机。"

"一定要找出来。"

久野大声吸溜着荞麦面。

10

两人用荞麦面填饱肚子后,就去找负责国安敏子遇害案的警察局。他们问清了案件的详细经过,并且跟本部的物证课取得联系,问到了现已掌握的事情。然后他们离开警察局,去敏子家拜访。

敏子的家位于一处中等住宅区,被灌木篱笆围着,又小又旧。像是附近居民的两三个女人和孩子们站在敏子家前面,一看到久野二人的身影,就仿佛在躲避危险的东西一样,皱着眉闪身靠到道路的一边。

敏子的父亲从玄关出来了。据说他是当老师的,头发半白,四四方方的脸上没什么血色,金框眼镜后面眯缝着的眼睛仿佛睁不开一样透着胆怯,看来他连好好打量一下来访者的精力都没有了。

久野致了哀辞,开始就敏子生前的状况发问。

"她有没有关系较好的男人?"

"不知道。"

父亲摇了摇头。

"家里相对比较放任她,所以我们没发现过什么。"

"她没聊起过公司里的人吗?"

"没什么——特别提到过的。"

"有没有写给她的信呢?"

父亲稍微想了一下说道:

"最近好像收到过信。寄信的是一个我们都不认识名字的男人。"

"信还在吗?"

"我去看看。"

父亲进了屋。家里静悄悄的,久野看着家中尽管陈旧但打扫得很干净的房间。

过了一会儿,父亲微驼着背回来了。

"我找不到。"

久野想了一下说道:

"不好意思，能让我们进去找一下吗？"

父亲好像有点不知所措地说：

"好的。"

两位刑警进入收拾得整整齐齐的三帖房间，没过多久就在衣橱抽屉的底部取出两个信封。

"是这个吗？"

"嗯，是的。"

父亲的脸上露出担心的表情，像是害怕找出来的是什么麻烦的东西。

"可以看一下吗？"

"哦。"

久野迅速把信通读了一遍，然后把信向前一递，转向父亲。

"令千金是在D水泥工作的吧？"

"是的。"

"这封信是来自某个秘密侦探社的报告，根据信上的内容，令千金似乎委托那家侦探社调查公司会计部部长的私生活。"

父亲似乎不太能理解久野说的话。久野把报告书摊开递到父亲手里。父亲读了起来，只读了极小一部分，就仿佛极为不解地把目光从信纸上移开了。

"她为什么要调查这些呢？"

"不知道。一点儿也——不知道。"

父亲胆怯到了极点。

"这信可以暂时借用吗?"

父亲像是吞咽什么东西般点头。

"她跟这位部长是否有什么特殊的关系?你听令千金提起过吗?"

"完全没有。"

父亲摇摇头,眼镜框反着光,看起来像是眼睛湿润了。

在玄关,久野又一次回过头问道:

"樋口利男、户塚一郎。一个是老街的混混,一个是水道公团的职员。你对这两个名字有印象吗?"

"是最近被杀害的人吧,跟我家女儿一样……"

"你之前听过这两个名字吗?"

父亲紧绷着身体摇摇头。

"从没听过。"

久野和田岛离开了那栋静悄悄的小房子。

凹陷的小眼睛抬头盯着来访者的脸。

"是关山先生吧?"

"我是。"

"我们是警视厅的刑警久野和田岛。"

两个人坐到了关山面前的椅子上。

"有一个叫国安敏子的,最近委托过你做调查吧?"

关山窥探般来回看着两个人的脸,默默地从储物柜的抽屉里抽出一本装订资料放到了桌子上。

"你们想问什么?"

"国安敏子昨天晚上在她家附近被杀害了,这事你知道吗?"

关山又来回看着两人,用平稳的声音回答道:

"今天早上在报纸上看到了。"

"她出于什么目的要调查自己公司部长的私生活?"

"我不太想说委托人的事。这是我们这里的信用问题。"

久野从上衣的内衬口袋里拿出关山写的报告书丢到桌面上。

"看了这个,大概知道她心里想知道什么,但是不知道她要调查的动机。"

"我也不知道,而且我也没问过。"

"不好意思问一下,这调查的内容属实吗?"

"这点没有疑问。"

关山身体往后一仰,回答道。

"那么不会有人因为这个调查而遭遇不测吧?"

"如果不算委托人自己的话。"

久野收起报告书从椅子上站起来。

"你跟国安敏子之前认识吗?"

"不认识。她是第一次上门的委托人,天黑后一个人来的,不过她看起来像是第一次来这种地方。"

两名刑警从事务所出来了。

"去她公司看看吧。"

田岛看看电影院的招牌,又回头看向关山的事务所。

"她为什么会到这地方来呢?"

"大概特想查清楚吧。"

"不是这个意思,我是说她为什么会来这儿。如果她之前不知道这里的话,应该是偶然看到才进去的吧。那她到这附近来干什么呢?"

久野表情凝重地看着前方。

"好多人都像这样往前走着。"

"啊?"

"人们正为了什么事在向前走呢?旁人谁也不知道。大概也有打发时间的人,但是其中应该有人背负着进退维谷的命运吧。这些全都不为人知。"

田岛默默地跟在久野身后。

第四章　螳螂之斧

1

白色的烟灰落到了陈旧的茶褐色地毯上,一个烟灰缸马上被递过来放到了旁边桌子上。

"又不是没有烟灰缸,自己拿一下嘛。"

坐在椅子上的鸣濑医生目光从报纸上移开,看了一眼放在旁边的烟灰缸。

"别老啰啰唆唆的。"

他边说边抬头看向妻子。她脸颊上的肉和皱纹一起垂在嘴巴两侧。

"我哪里有啰唆。"

久仁子回到自己的椅子上,从正面凝望着丈夫的脸。

"最近啊,只要我稍微说点儿什么,你马上就不高兴。"

"我没那个意思。"

鸣濑医生的视线回到报纸上。分得整整齐齐的半白头发下面是宽阔发黑的额头,被电灯一照反着亮光,鼻子下面的胡须和绷着的下巴给人一种不好相处的印象。

"本人没那个意思,旁边的人看起来却是这样的。你就是在焦躁不安,我也大概知道你为什么会焦躁不安。"

久仁子把手里正在看的小说和摘下来的眼镜放在旁边的桌子上。鸣濑没有回答。

"去找川岛,跟他谈一谈怎么样?"

"谈什么啊。"

鸣濑抬起阴沉的脸。久仁子似乎在想要怎么说出口,偷偷窥视着丈夫。

"你现在想得最多的,是川岛医院以后的事情吧?"

"你是指什么呢?"

"我说的你应该听懂了。川岛医院最开始是你跟川岛合力建起来的,费了不少苦心才终于有了今天。最近医院扩建,规模变得更大,医生也增加了,但它本来是川岛和你的医院,如果川岛退休的话,下一任院长肯定是身为副院长的你啊,任谁看来这都是理所当然的。这时候你担心的是佐仓吧。他是最近川岛好不容易从公立医院请来的,虽然年轻,但是毕业于国立大学,在学会之类的活动上也很活跃,引人瞩目。他现在是外科长,可川岛也极为信赖他……"

鸣濑扭过头,目光对着报纸,但他的眼睛似乎并没在读报上的文字。久仁子也不管他,继续说道:

"其他年轻的医生也都很拥戴佐仓。到头来这医院的将来会不会握在佐仓手里了?这不就是你脑子里所想、所担心的吗?"

"你说什么呢？佐仓能干什么！何况他也不是有那种企图的人。"

"就算他本人没那个意思，还有周围的形势呢。我不是在批判你，我是你的妻子，你担心的就是我担心的。虽说你的学历只是地方的医科大专毕业，可建立起这家医院的努力值得被尊重。我觉得不能允许这份成果让医院发展起来之后才来的年轻人摘取，这事儿谁都理所当然会这样想。我觉得跟川岛就这件事认真谈一次，让事情明朗起来比较好。这样的话你的心情肯定也会爽快多了。"

"你要是那么担心，那你去问不就好了。"

鸣濑带着嘲讽说道。

"这种事我身为妻子怎么可能直接去谈判呢。"

"那你去问川岛的太太也行。"

"这种事，必须要男人之间好好谈的。你明明自己也很担心，却还硬撑着。"

"你差不多别说了。"

鸣濑粗暴地把报纸丢到桌子上，伸手去拿已经凉了的茶。

"我之前就想说了。要不今晚去找川岛怎么样？"

"今晚？"

"嗯，今晚。时间还很早。他以前经常挺晚了还过来，最近由于年纪的原因开始变懒了。"

"就算你这么说，去找他又能说什么？会让川岛很诧异的。"

"倒不至于诧异吧，只要去好好谈一下就可以。对川岛而言，明明应该知道却不在意，也许是我们太着急了。"

"喂——倒杯热茶过来。"

久仁子站起来换了一杯茶。

"怎么样？"

"什么怎么样？"

"今晚去吗？"

"别说傻话了，你突然没头没脑说这个有什么意思。"

"我想越快越好。"

"别说了。"

鸣濑又拿起了报纸，但好像没什么可读的地方了。

"我觉得英一要能当上医生真是太好了。这样你们父子可以联手度过这场——"

久仁子手里握着茶杯说道。

"只有我就靠不住吗？"

"倒不是这个意思。"

鸣濑丢开报纸，默默站起来向书房走去。

2

鸣濑的家紧挨着医院大楼后面，两者只隔着一道灌木篱笆。这让鸣濑感觉他仿佛时刻都在管理医院。

他早上比任何一个上班的医生来得都早。他穿着凉鞋从玄关走进医院，在院长室的其中一张桌子前坐下，听值班医生的报告。如果外科患者有问题的话，他也会问些问题看看病历。他是外科医生，院长川岛也是，所以川岛医院最开始建成的时候是一家专门的外科医院。现在不仅增设了其他科室，每个科室都有专科医师，而且床位也增多了。就算如此，外科的主力鸣濑到数年前为止都是外科长。在鸣濑的职位升到副院长的同时，外科长就由从外边请来的佐仓担任了。

这场人事变动的理由是川岛年纪大了，无法充分完成院长的实际业务，需要鸣濑来接替他。鸣濑认为这个理由并不是假话，但也想过川岛是不是希望以外科闻名的川岛医院的外科长由佐仓这个人来做。佐仓四十上下，可身为外科医生已经颇具名声。既然名声在外，就说明他跟鸣濑相比实力肯定遥遥领先。

事实上佐仓任职以来工作勤奋，医术极高，来川岛医院的患者数量似乎又增加了。而且佐仓不仅在医院工作，还经常在学会上露脸，他写的论文也经常在杂志上发表。

与此相反，鸣濑直接接待患者的机会逐渐减少，在经营与后勤业务上花费的时间多了。作为代理院长，这也是没办法的事，可鸣濑时不时会意识到自己身为医生已经在退步了。

鸣濑在桌前坐好，拿起两三天前放在桌子上的箱子里的资料，那是这次医院改建的计划书。医院仍然是老式的木造房子，阴暗又显得脏乱，设备也不够好。在一次接一次的增建之后，安装的设备杂乱地连在一起，为了一次性整理到位，需要建一栋水泥楼，加高楼层，现在已经到这个时期了。

为此首先要解决建筑资金的调度问题，这也是鸣濑现在最重要的工作。他一边看计划书，一边感觉脑子里一时无法理解那些计算出来的数字，昨晚跟妻子争论的话题像块消化不良的硬块仍沉在腹中。

即便如此，他仍尽量努力去读那份计划书，然后重新斟酌。毕竟医院是他和川岛建起来的。

中午医生们习惯聚在食堂一起吃饭，所有人都到齐的话，加上鸣濑总共有八个人。除了鸣濑和佐仓之外都是年轻人。

鸣濑动筷吃起煎肉饼套餐，桌子边上一个年轻的声音喊了他一声：

"副院长。"

那是跟着佐仓来的外科医生，叫小川，正在写学位论文。他的脸瘦削苍白，说话总给人一种焦虑感。他有时会叫鸣濑为鸣濑医生，有时会称呼副院长，但鸣濑十分清楚他浮现浅笑称呼副院长的时候是什么心情。

鸣濑的视线从煎肉饼转向小川。

"正在计划的新的医院大楼，有没有考虑增建研究性设施？"

小川语气很冲，那态度仿佛在诟病。

"当然考虑，能做必要检查的设施。"

"为了诊断病情所需的检查设施当然哪家医院都有，不然就没法工作了。我问的是，除了那些日常所用的以外，有没有考虑添置一些研究新课题所需的设备？"

鸣濑的目光落回到煎肉饼上。其他的医生沉默不语，但似乎都在集中注意力听着两个人的对话。

"没考虑那么大手笔的东西，资金和空间上都不足以考虑那些。"

"我觉得那就是没有进步。"

小川边继续吃饭边自言自语般压低了声音说。

"把病人当成商品来看，就像不管三七二十一放到传送带上不断处理过去，我没法赞同这种只要增加销量就行的想法。我认为有研究的激情对年轻人来说是非常大的鼓励。"

"没人把病人当商品。"

鸣濑缓缓回答道，他很厌烦跟小川对话。

"我们想让这里成为一家崭新出色的医院——"

小川的话却不肯停下来。

"因为看到了佐仓医生那么出色的人物，我们年轻人也希望能够以崭新的激情投入工作。这就不能只是治疗病人，我还想在佐仓医生的指导下，在这里完成出色的研究。所以我希望，这次的医院改建计划，也能把这个当宗旨考虑进去。因为时代是不断变化的。"

小川只顾自己说完，之后就默默吃饭了。态度看起来就像是在说这些我说了你们也不懂，但保险起见我还是跟你们说一声似的。

鸣濑看向佐仓，那张带着无框眼镜的友善胖脸正埋头午餐盘中，表情似乎在思考别的什么事情。

鸣濑顿了一下才说：

"没这个必要。"

鸣濑知道小川平常那尽可能忽视自己的态度中所体现出来的东西，那也许是从根本上有一种想让他知道创办者的时代已经过去了的想法。或者因为小川是佐仓带来的，一直受佐仓的照顾，他判断只要靠着佐仓就没问题。

但是鸣濑跟小川的年龄差距太大了，他总不能听到小川话语中的冷嘲热讽就翻脸。鸣濑在忍耐，但在他那炙热的愤慨之中，总是有种仿佛从缝隙中吹进来的冷风。

鸣濑下午仍在继续斟酌建设计划，可始终无法专心投入。从纸张的另一面，他仿佛能看到小川那张神经质的瘦削面孔更进一步地嘲弄他。

有电话，有访客，药剂的支付单也交了过来。这一天要结束的时候，鸣濑下定决心去找川岛。毕竟也要跟他商量一下关于建设的计划。但鸣濑从心底承认，自己之所以会下这个决心，也是出于一种想找个依赖的冰冷而不安的情绪。

3

鸣濑出门必须要经过医院。吃过晚饭,他从家里出来,推开灌木篱笆上的木门,走上医院旁边的碎石路。这时,从医院侧面那个鸣濑每次都走的出入口,一个身穿白大褂的男人自黑暗中跑了出来。

"是哪位医生?"

男人跑过来,好像没看清鸣濑。是小川医生。

"怎么了?"

"急诊送来了两名患者。"

"是你值班?"

"是的。其中一个人没什么大碍,但是另外那个女孩子情形不太对,明明没什么大的外伤,可显得特别痛苦。说不定是内脏有问题。"

小川的声音和平时一样急躁,还有些发抖。

"那就打开看看啊。"鸣濑说。

"您能来看看吗?"

小川不再大口喘气,像是吞咽唾液般说道。

鸣濑没打算记恨中午发生的事,也不能说他这个时候就有了绝不答应小川请求的心情。可是顿了一下之后,连他都感到自己说出来的话带着出乎意料的激动情绪。那说白了就是一种轻率。

"你处理不了吗？"

"呃，这个——"

小川含糊其词。

"要不你去找佐仓医生如何？对你而言找他来才比较放心吧。"

"佐仓医生今天晚上要参加一个学会的委员会议。"

"有学会啊。"

鸣濑似乎被自己的话语刺激得更为亢奋了。

"这里的工作才重要不是吗？本来就是吧。要不你马上给学会打电话叫佐仓医生过来怎么样？"

小川不再作声。鸣濑走开了，他想起出门之前听到了救护车开进医院时的鸣笛声。他走到大门外，小川没追上来。

鸣濑让车停下，自己下车走向川岛家。到了川岛家，看到川岛夫妻在玄关迎接。川岛微微拖着神经痛的腿把鸣濑领到了客厅。川岛比鸣濑大十几岁，个子瘦小。身上和服前襟左右交叠的地方是塌下去的，能看出胸板瘦到了什么程度。

鸣濑开始说起建设计划的预算，报告了从银行贷款的协商结果。

川岛习惯性地闭着眼睛边听边点头，最后鸣濑加上了今天午饭的时候小川说的话，征求川岛的意见。这期间川岛夫人端了茶水过来，见二人说得投入，又马上回到里屋去了。

"大致上都挺好的,就按既定方针来,哪怕银行的利息和还款期限多少有点问题。我也想着要去见他们常务董事一面,可这段时间膝关节又出毛病……"

川岛一副受不了的样子皱起脸,手伸向膝盖。

"那年轻人说的研究设备这一点——"

"那个就放一边吧。年轻人有年轻人的希望这是肯定的,可研究不是随随便便一下就能做出来的,要像和稀泥一样一点一点做,还不如直接用大学或者其他有组织的研究所做出来的成果呢。现在我们承受不了那么大型的设备。就这样吧,放到下一个阶段再考虑,先改建老旧的建筑物。"

"好的,那就这么办吧。"

"而且你说,一个接一个地不断给病人治疗,这不是最重要的嘛。要研究也可以,但要在能对治疗有用的前提下进行,为了研究者个人取得学位,或者只不过是自我满足的话,那没什么必要。"

"就是这么回事呢。"

鸣濑脸颊内侧仿佛涌上一个饱满的笑容。他对今天来拜访川岛的结果感到满意。川岛眼镜后面闪着细光的眼睛注视着鸣濑。

"人越来越多了,很多方法跟以前我们两个人干的时候都不一样了,我也不知道自己能不能处理好——"

鸣濑垂下眼帘自言自语般说道。川岛边点着头边轻轻敲着椅子的扶手。

"我想只能让你来帮忙管理了,我已经动不了了,后面的事儿只有让你来干了。从这个意义上说,'川岛医院'这名字不太妥当呢,要不趁着新建的机会,改成更普通一点的名字怎么样呢?"

"这也是一个办法,不过医院是因为外科才出名的,我觉得很怀念啊。"

"可到了你这一代还叫川岛医院不是很奇怪吗?"

"不奇怪啊。名字就是那么回事。"

"是吗——哎,反正这事儿再商量吧。"

川岛按下了桌旁凸出来的叫人铃。鸣濑把放在面前的资料拿在手里,下意识重看了一下。等夫人出现在门口,川岛说:

"上次那威士忌给鸣濑倒上一杯。"

"不用麻烦了。"

鸣濑抬起手。夫人退了下去,没一会儿就准备好了威士忌,放在托盘上端了过来。

"我这段时间完全不喝了,你还跟以前一样吧。"

川岛说。

"不,我也不怎么喝了。我老爸死于糖尿病,内人对这事儿很啰唆。"

"不管怎么说,不喝是最好的。"

夫人往两个杯子里倒满酒后这样说。川岛拿起杯子。

"医生的工作是治疗和预防。比起写了怎样的论文,更重要的是救治了多少病人。在这点上,你其实帮助了很多人,每一天都在接触患者,治疗、帮助……"

川岛把酒杯放在嘴边,稍微沾了一下就放下了。

"是个了不起的医生啊——"

高雅的芳香覆盖住鸣濑的鼻孔,可一口气喝下去的液体如同尖锐的弓箭般扎在他的胃上,他像是突然遭到痛苦的侵袭,把酒杯放在了桌子上。

"失陪。"

川岛眼里闪着惊讶的光。鸣濑慌慌张张地把资料塞进包里。

"要回去了?"

"这就回去。"

"怎么了?"

"有急病患者。"

"有人值班吧。"

"小川在。可说实话,我不放心。"

鸣濑从椅子上站起来。

"情况危急?"

"我没看所以不知道。总之我要马上回去看看——刚才你的话让我想起来了。"

鸣濑走向玄关。川岛像是让鸣濑那势头震慑住了,没再作声，一瘸一拐地跟在他后面。鸣濑在玄关边把鞋拔子放回去边自言自语般地说：

"大晚上的打扰你了——我今晚也许不该来的。"

他急匆匆地走入外面的黑暗中。反应过来出来送客的夫人和川岛默默地目送他的背影。

4

鸣濑小跑着从侧门冲进医院。走廊上的常夜灯静静地发着光，楼里静悄悄的，仿佛什么事都没有。他站定后侧耳听了一下。

有动静。他往那个方向走去，推开了手术室前室的门。穿着白大褂坐在椅子上的佐仓回过头来，护士正在窗边的洗手池旁清洗手术用的器械，鸣濑感觉好像有什么事已经结束了。

"怎么样？"

鸣濑边关门边盯着佐仓，佐仓静静地从椅子上站起来。

"没挺过去。"

鸣濑盯着佐仓的脸，像是僵住了般，眼神有一阵子一动不动。

"一个人吗？"

"一个人。是肝脏。其他内脏也受了损，无计可施。"

佐仓坐到了椅子上,鸣濑走到他旁边,护士清洗器械的声音叮当作响。突然,通往手术室的门打开,小川出来了,他的眼睛对上了鸣濑。鸣濑感到小川的眼里闪着刺人的黑色的光,但是小川马上移开了视线,匆匆往走廊那边走去。鸣濑目送他的身影,又缓缓把视线移到佐仓身上。

"我——错了。"他说。

佐仓默不作声。

"小川向我求助,我要是马上出手就好了。我——产生了不该有的情绪。"

"不——就算你马上出手,应该也无计可施。他一叫我就赶过来了,不到三十分钟,可那情况没的救。不是你的责任。"

佐仓抬头看着鸣濑,无框眼镜反着光,镜片后那双大大的眼睛清澈沉静地露出劝说的神色。鸣濑像是被那视线吸引般坐到了椅子上。

"那只是结果论。在没有做到一个医生应做的事情这点上是同罪。"

"你要面对很多问题,太累了,最好别太放在心上。"

鸣濑坐着不说话。佐仓掏出烟点着,把烟递向鸣濑,鸣濑却好像没注意到。

"川岛医生身体还好吗?"佐仓问道。

鸣濑像是猛地回过神来答道:

"哦,挺好的。"

"他的神经痛怎么样?"

"好像还和之前一样。"

"新建计划在进行吗?"

"大致上吧,大概有头绪了。关于研究设备的事儿也跟川岛聊了一下。"

"大型设备不行吧。"

"院长也说把治疗放在第一位。"

"我也这么想。"

"将来会不会又不一样呢——"

鸣濑无力地蹦出一句,手撑在膝盖上站了起来。

"后面的事我会做。请回去好好休息一下吧。"

"我听说有两个病人……"

"另一个人只是扭伤,没大碍。"

"那就拜托你了。"

鸣濑对佐仓略躬身点点头致意后离开了。走廊被朦胧的光亮包围,很安静。远远一个转角的黑暗中有一个人目送着微微垂着头缓缓走远的鸣濑的背影。

5

鸣濑专注于医院的新建计划上。他认为这是眼下自己的工作。小川比之前更少跟鸣濑说话了,这鸣濑也很明白。以前感觉小川的态度是对年长者意气风发般的嘲讽，而那之后似乎变成了比那些更为黑暗阴险的东西，鸣濑认为这是无可奈何的事情。

小川对新建医院已经不再提什么要求了。鸣濑时不时会跟佐仓商量，但是佐仓也没对鸣濑的计划提出过反对的意见。他很温厚，看起来像是很支持创始人鸣濑。

佐仓是个很厉害的人物，但是不知为何感觉他站在跟自己相距甚远的地方，这感觉始终挥之不去。鸣濑感到了孤独。川岛依然不怎么来医院。

终于等到跟银行谈妥，承包工程的人也定好了，鸣濑带着承包合同去拜访川岛。

把川岛盖好章的文件收进包里，鸣濑身子往后一倒靠在椅背上，看了川岛一会儿。

"这一来终于走上了正轨，都是多亏了你。"

川岛说完，又让夫人端来了威士忌，给鸣濑劝酒。鸣濑的目光移向窗外，草坪上到处都有嫩芽冒出来，柔和的夕阳落在上面。

"这样我的工作也算结束了。"鸣濑低喃道。

川岛看着鸣濑的脸。

"医院会变得更出色，这是值得高兴的事情，可同时也觉得我们的时代已经过去了。"

鸣濑说。

"你也会说这些底气不足的话啊,真让人不爱听。"

"我还在怀念医院附近都是田地,春天暖和的日子打开窗户就能闻到肥料味道的时代。医院就我和你两个人,相当忙,找个好的护士过来也费了不少功夫。"

"那时候为了建起医院来也很不容易啊,把乡下的山都卖了——"

川岛微笑起来。

"从车站那边走过来,远远能看到涂成蓝褐色的建筑,总觉得很自豪。到了现在却已经淹没在城市里,又老又旧了。"

鸣濑举起酒杯。

"这次又要变成一栋漂亮的水泥楼了,要麻烦你再大干一场啦。"

鸣濑放下酒杯。

"我对自己是否能胜任医院的负责人一职,感到疑惑——"

"为什么?"

"我看过成千上万的病人,但也仅仅如此。医学在进步,我没有努力追上去。感觉已经晚了。"

"别说傻话了,这一点儿都不像你。医术就是你的手艺,不仅仅是脑子。"

"我啊,说到底没有你就没有我。最近我渐渐明白了这点。"

"别说无聊话了。到此为止。"

川岛给鸣濑的杯子里倒满了威士忌。

"好久没这么喝了,顺便留下来吃饭吧。"

"小川似乎挺恨我。"

鸣濑像是没听见川岛的话一般继续说。

"是之前的事情吗?"

"让患者死亡这件事,越是年轻越是难以承受。那是我不好。"

"但是死亡这件事不是任何人的责任吧?"

"看起来是那样,可负责的患者在自己眼前死去是很令人讨厌的事情,那之后小川好像会时不时喝酒。"

"这也挺不好办。"

"我感到自己有责任,可没有开导他的能力。我想身为医院领导层,若做不到这点则不够资格当负责人,作为院长我还是不行——"

"人各有不同,小川自己也会成长的。你别想太多了。"

川岛像是无法应付般苦笑起来。

日头很快偏西,夫人端着摆着下酒菜的托盘进来,点亮了灯。川岛回头看着夫人:

"鸣濑总打不起精神来,今晚请他吃顿丰盛的。"

"哎呀,怎么这么没精神呢。"

穿着朴素,腰身还很挺拔的夫人边在桌子上摆餐具边说。

"我说我不想当院长。"

"哎呀,那可不行。等川岛更无法行动了,只能让你来干啊——"

鸣濑的眼睛里浮现虚弱的微笑,低着头。

"那可是你们两个人打造的医院。"

"还有其他适合的人选。"

"谁?"

"我觉得佐仓就是很出色的一个人物。"

"可他还是太年轻了。"川岛说,"而且他还没有那么大的野心。来,喝一杯。我也喝一点儿吧。"

"老伴儿,你意思一下就行了。"

夫人说。

鸣濑在川岛家用过晚饭,九点左右离开,那时他已经醉得很厉害了。他搭乘出租车回到医院,医院正门的铁栅门晚上也没插门闩。鸣濑进了门,沿着楼旁边的碎石路向自己家走去,他脚步踉跄,天色虽黑,但他心里有数。他走到灌木篱笆的木门前,手搭到了木门上。

他一边推开木门,一边直挺挺向前倒了下去。

6

"第四个人了。"

课长从尸体旁边站起来,露出苦涩的表情低语道。这时距国安敏子被杀害已经过了三天。

"使用钝器击打后脑，一击毙命。与之前的手法完全相同。"

黑暗中闪光灯仿佛跳跃般飞舞着。

接到值班医生的通知，佐仓和川岛夫妇都赶到了现场。川岛夫人在屋里陪着鸣濑夫人，一直在她旁边半抱着她。鸣濑夫人似乎无法理解整个事态，一脸仿佛在等待接下来不知会发生什么恐怖事情的表情，她紧张而苍白的脸上还没有泪水。

鸣濑倒下的时候似乎压在了灌木篱笆上的木门，木门上的两处合页中上面那个脱落，门歪斜着，固定脱落合页的两根钉子仍留在门轴的圆木上。物证课的一个人发现那根螺钉上挂着一根细细的红色纤维。课长让他去检查一下，看和最初的受害人户塚的后脑上沾着的纤维是否一样。

"果然全都关联在一起了——被这根红线。"

他一边把红线还给物证科的人一边说。

因为川岛来了，所以到鸣濑被杀为止的行踪全都弄明白了。但是和警察一样，川岛也完全不知道鸣濑为什么会被杀。

鸣濑的尸体被运走的时候，小川来了。单身的他在距离不远能步行上班的地方租了一间房子。他像躲在佐仓身后一样站着，这肯定也是因为害怕，可主要好像还是因为他当时身上带着酒气。

已经发生的三起钝器杀人案的搜查本部已经并案移到了

总部。每个被害人各自身上的因缘——那被隐瞒的企图、秘密的感情纠葛、围绕其中的人们的爱憎——这些事情都一点点被查明，但是连接起三起案子的那根线头尚未找到。负责该案的刑警们都觉得，那个线头大概就混在他们已经看到或者听到的事情之中，只是自己没注意到而感到格外焦虑。

这时他们迎来了第四起案件。在川岛医院的调查结束之后，他们收队回到总部召开深夜调查会议。

"川岛医院是大约二十年前由川岛院长和被害人鸣濑博士创立的，现在有大约五十张床位，在那一带是家相当大的医院，名字也广为人知——"

调查了川岛医院内情的老刑警报告说。

"最近医院计划要把老旧的建筑改建成水泥楼，应该是鸣濑博士在为之奔走。但是医院兴盛到如今这个地步，好像是这五六年的事情，那个时候新来的医生也很多。

"这点上不管当事人是否意识到，但是从第三方来看，一直在医院工作的老人和新来的人之间可能有对立，具体来说就是副院长鸣濑博士和外科长佐仓博士之间的对立。这里的问题就是，川岛院长年纪大了，健康情况不太好，几乎没法工作，大家都认为短期内他会退下来。也就是说产生了下一任院长会是谁的问题。正常来说副院长并且还是创始人之一的鸣濑博士当院长是理所应当的，但是年轻人之中似乎有推举在学会及社会上比较出名，也很有工作能力的佐仓博士的风潮。"

"这些是听谁说的？"

课长插嘴问道。

"值班的护士。那位护士很早以前就在医院工作，对这些事情看来非常了解。"

"但是另一方面也可能因为对那些感兴趣而夸大其词。"

"也许有这个可能。不过如果相信这些话，那最推举佐仓博士的好像是一名叫小川的年轻医生。据说他的学位论文是由佐仓博士指导的，佐仓博士跟他大学的教授关系密切。"

"你说的两个人今天晚上都来了啊，那个叫小川的医生好像喝多了。"

"是的，是那位医生。"

"但是他们的对立有多少是公开的呢，特别是与当事人之间？"

"这光听护士说的还不知道，好像没有什么能特别拿出证据的事情。"

"那不在场证明怎么样？"

"佐仓博士从傍晚开始待在家中，一直到接到通知为止。据说正好来东京开会的朋友在他家留宿。"

"去他家确认过了吗？"

"这还没有。"

"那小川医生那边？"

刚才一直在说话的刑警闭上嘴看着四周。课长也在扫视众人。

"他走了。"

过了一会儿,久野这样回答。

"刚才不是在吗?"

"嗯,刚才在。中途过来了一下,好像马上又走了。"

"那是没留意吧。"

"明天马上去查。"

久野答道。

"这是第四个人了。我们要是能更快找到连接起几起案子的线,也许就不会有这么多人受害了。"

课长说。

7

久野和田岛第二天早上前往川岛医院。他们把一位年长的护士叫到无人的院长室里问话。

"佐仓医生和鸣濑医生的关系好像不是很好吧?"

"这个谁知道呢。"

护士平平的脸上露出一个含糊的笑容。

"小川医生怎么样呢?"

"小川医生完全站在佐仓医生一边。"

"好像是呢。对小川医生来说，佐仓医生当上院长在各方面都是最合他心意的吧。"

"那应该是的。"

"你们怎么想呢？"

"我们没什么特别的——"

护士又笑了。

"不好意思，等小川医生有空的时候，能叫他过来一下吗？"

等护士出去了，两名刑警点上烟。

"医生这行真是遭人恨的买卖啊。"

久野说。

"谁知道呢。"

"没救回来的患者近亲会不会想杀掉医生呢？"

"但每次都要绞尽脑汁去追究的话，那可受不了。"

"这两三个月在这家医院死亡的人大概有多少呢。"

"查查看吧。"

"要不要挨个排查一下呢？"

"这一来，跟之前的案子之间的关系又会怎样呢？"

"那根红线吗——昨晚发现的那根线果然跟户塚一案的线是相同的，今天早上物证课出报告了。"

久野边说边绕过桌子，重重坐到椅子上。

"就算是这样的椅子，还是有人想坐上去啊。"

"谁想坐？"

"有人想坐。就跟我们想当上股长的心情是一样的。"

"我不想坐什么好椅子，只要能稍微涨点工资——"

门打开了，穿着白大褂的小川医生走了进来。两名刑警的目光马上转过去盯着那张瘦削白净的脸。

"我是小川。有什么——"

他用急匆匆的步伐走到久野面前。久野直起身子。

"不，没什么大事。有点事昨晚忘了问，想了解一下你昨晚的行动。"

"我的行动吗？"

小川脸颊上的皮肤看起来似乎猛地绷紧了。

"并不只针对你。把能排除的快点儿排除掉比较有效率。你昨晚好像喝酒了？"

小川沉默着，但轻轻点了点头。

"我昨天晚上出去喝了一点儿。回来之后，听说医院往我租的房子打过电话，我以为有什么事儿呢就打了回来，那时我才知道出了事。我想我过来看也没什么用，但又觉得当不知道也很怪，就过来了。"

"你好像很快就回去了。"

"嗯。好像也没什么我能干的事情。"

"你在哪儿喝的酒？"

"阿佐谷的一个酒吧。"

"叫什么？"

小川默默地从白大褂的口袋里拿出一盒火柴，丢到了桌子上。久野拿起来看了看放进了口袋。

"大概几点从那儿出来的？"

"过了十点。"

久野点点头。

"听说你和副院长之间好像不太和睦。你怎么说？"

小川激动起来。他肯定是觉得自尊心受到了伤害。看样子他费了好大劲才把内心的动摇压了下去。

"说实在的，我不怎么尊敬他。"

"原因呢？"

"作为医生，他身上没有值得我学习的，人格也不值得尊重。"

"你不愿意看到那个人当院长对吧？"

"当然不愿意。但是我想我也没那么幼稚，不至于为此就希望他死。我已经没别的什么好说的了，还有什么——"

久野看见小川垂在身侧紧握的手在颤抖，他似乎已经到了自制的极限。

"没有了，可以了。"

小川医生急匆匆出了房间，久野对田岛使了个眼色，站了起来。

8

"现在就算去酒吧也没开门啊。"

田岛边走边说。久野那张长脸闷闷的,点了点头。到了玄关,久野的目光落在了挂号柜台前的红色电话机上。他拿起话筒,从口袋里取出小川给的火柴。昏暗的大厅里几个门诊患者坐在沙发上等待。电话的另一边铃声一直在响。久野静静地等着,最后终于放弃了,正要把话筒从耳边拿开,这时响铃声忽地停了。

"喂,喂。"

"哎。"

一个冷漠的年轻男人的声音。

"是顺子酒吧?"

"是顺子。"

"那个啊,有点事儿想问你,昨天有没有一个叫小川的人去你们那儿?他是个医生。"

"店里的事儿我不清楚。"

那带着东北口音的粗鲁声音说。

"你不知道吗?"

"他们只叫我白天看店。店里的事要等店里的人来了才知道。"

"店里的人现在不在吗?"

"不在啊。"

"大概什么时候来?"

"五点左右吧。"

"问你也不知道吗?"

"我不知道。"

"这样啊。"

久野放下话筒,看向田岛。田岛一副"我说不行吧"的表情。

"那先调查那个吧。"

"那个是哪个?"

"跟这两三个月死亡的人有关的人。"

田岛像是无可奈何般地点点头。

两人进入办公室,跟独自一人坐在办公室里负责处理事务的男人说了来意。男人从书架上取出一份装订好的资料给他们看。

就在两个星期前,有一个女孩子因为撞击导致内脏破裂死亡,月初有位六十岁的男子死于急性肺炎,上个月也有一个急性肺炎,还有一个得肺癌死的,再上一个月没有人死亡。久野把这些人的地址、姓名记到笔记本上,可两个刑警的表情并没有多高兴。

两人正要离开办公室,坐在挂号处那个像是实习生的年轻护士站起来走向他们。她的脸颊圆鼓鼓的,脸上有好几粒青春痘。

"哎。"

她叫了一声,然后等着刑警停下脚步转向自己。

"有什么事?"

"刚才你在打电话……"

久野看向护士面前小窗口对面的电话机。

"嗯。怎么了?"

久野走到护士旁边。护士像是在忌惮什么似的,圆脸上露出怯生生的笑。

"昨天小川医生去的那家酒吧,那儿的一个女人就住在这附近。"

"这样啊。住在哪儿?"

"从那边的公交车站坐往目白方向的车,第二站下车,有一个叫云雀庄还是什么的公寓,那人叫岸本京子。"

"你为什么会知道?"

"她是这里的病人。"

护士像是在说一个秘密一样压低了声音,快速说道。

"所以小川才会常去那家酒吧啊。"

护士笑着微微歪了歪头。

"看你能这么流畅地说出地址,估计大家都在传吧。"

护士越发脸红了。

"就算不去酒吧,我想去那儿找她应该也能了解一些情况吧。"

"知道了。那谢谢你了。"

两人从医院离开。

等走到马路上,田岛问:

"去哪边?"

"先去酒吧女人那儿吧。一个一个查过去。"

两人站在公交车站等车。

"小川医生经常去找那个女人,被不少人看到过呢。"

两人点上烟。

"看起来是的。那个小川医生在护士之间是不是挺受欢迎呢?"

"谁知道呢,他看起来不像讨女人喜欢的男人。"

"总觉得他是个不够沉稳的男人。怎么说呢,好像马上就会纠缠上来的感觉,久野你怎么想?"

"不知道啊。不过如果是那个医生杀的人,我想不用多久他就会自己露出马脚的。"

两人闲聊着等了一会儿。公交车每七分钟一班,可两人等了成倍的时间才终于坐上车。过了一站,在快到下一站的时候,公交车过了一个铁路道口。两人并肩抓着吊环站在车门口。

随着公交车过了道口,久野的脸转向后方。

"你知道这个道口吗?"

"啊?"

田岛像是要把脖子从宽阔的肩膀上拔下来一样望向窗外。

"嗯,是哪儿来着?"

"终于找到一个关联了。但就算这样,这关联也不太值得期待。"

久野的眼睛比平时更为明亮。公交车拐了个弯,看不到道口了。

"下车的乘客请勿遗落物品——"

公交车停下了。

"那道口怎么了?"

"是樋口搞出事故的道口啊。"

久野边下车边说。两人下了车,等公交车走了之后,田岛朝能看到道口的转角方向走了过去,久野跟在他的后面。来到转角处之后,两人站定了望着道口。

"确实是这里。在公交车上没看出来,但不管怎么说来看一次是对的,不然说不定就看漏了。"

"还不知道有没有用呢。"

"但这是第一次在各不相干的案子之间发现有关联的地方呢。"

"我不太有信心。不过我们只是坐了经过那里的公交车而已。"

似乎有电车开过来了,警报器的铃声响起,红色灯光开始闪烁。两位刑警转过了身。

9

拐进一条小路,马上找到了那栋叫云雀庄的出租楼。两人请管理员带他们去岸本京子的房间。

"她还在睡觉哦。毕竟是夜里做生意的。"

穿着厚外衣,刚上年纪的管理员边说边爬上二楼。京子好像在睡觉,房间里传来不高兴的应答声,以及急急忙忙叠被子的声音。

"不用收拾,只是问点事。"

久野对着门说。门打开一条缝,露出一张颧骨很高的脸,女人向他们投来干巴巴的冰冷目光。她穿着尼龙睡衣,外边披着短外衣,头发乱糟糟的。

"什么事啊?"

女人不高兴地挑高了尾音。久野拿出警察证给她看,

"你是在阿佐谷一家叫顺子的酒吧上班的岸本京子吧?"

"我是。"

"昨天晚上,有没有一个叫小川的医生来过?"

"哦,那个人啊——来了。"

"你知道他大概几点离开酒吧的吗?"

"不知道。发生什么事了?"

女人的眉间刻着皱纹,显得很强势。

"你还没看报纸吧。"

"我刚被你们弄醒。"

"昨天晚上,川岛医院的鸣濑副院长被杀害了。"

"啊?"女人来回看着二人,过了一会儿说,"那跟我有什么关系?"

"我们在问小川医生的事儿。"

"是那个人干的?"

"不是这个意思。"

女人回头稍微看了房间里一眼。

"让人看见不好,你们进来吧。"

两人走进屋后关上门,女人在榻榻米上坐下,像是怕冷似的把短外衣的袖子拢到了前面。

"你们要知道什么?"

女人快嘴问道。

"我们想知道小川医生是几点从酒吧出来的。"

"时间啊——"

女人换上了一副认真思考的表情。

"九点多——不到十点的时候吧。"

"距离九点和十点哪个近一点?"

"更接近十点吧。是我叫车扶他坐进去的,他醉得很厉害。"

两位刑警互相看了一眼。田岛露出失望的表情。

"你常去那家医院看病吗？"

久野有些犹豫地问。

"我在那儿住过院。一个星期左右。"

"为什么？"

"脚扭伤了。肿得很厉害。倒也没严重到要住院的程度，可我一个人生活，没人照顾，到自己能行动为止我都在医院蹭饭。"

"然后您跟小川医生就走得近了？"

"请别乱说话。"

女人粗鲁地说，但态度比一开始要合作得多。

"因为要做生意才约他，可我不太喜欢那个医生。"

"为什么？"

"太能说了，而且老说别人坏话，啰里啰唆地在病人面前说哦。男人居然这么爱说。"

"他也说过鸣濑医生的坏话吧。"

女人点头。

"说过，小川好像特别讨厌他。正好我被担架抬进去的那天晚上，是那个人值班，他彻底慌了，我还想这医生可真靠不住。跟我一起送来的女孩子救治不及，死了。小川一下火了。虽说年轻气盛吧，可说什么都怪那个人之类的话，真是乱说。大家都跟我们这么说。"

"被担架抬进去，是怎么了呢？"

"哎呀，我还没说嘛。"

女人的态度越来越熟稔起来。

"出事了啊。不久前在那个道口发生了意外，公交车和电车相撞，我啊，那天因为朋友来了，去店里的时间比平时要晚。平时我都是从那儿坐公交车去的，正好是终点站。刚一坐上，就倒了大霉了。"

两位刑警又互相看了一眼。田岛目光严肃地微微侧头。

"那时是有一辆自动三轮车停在前面，公交车没法完全通过道口吧。"

"对对，就是那个时候。"

女人一脸高兴。

"我再问一次，小川医生从酒吧出来的时间没有错吧？"

"大概吧，要不你们也问问其他女孩子吧。哎，警察同志，那家医院的副院长真的被杀了吗？"

女人的眼里冒光。

"报纸上登了。"

"我没订报纸。哎哎，为什么会被杀啊？"

两人留下女人离开了公寓。

"小川医生看来是清白的。"

田岛说。

"那公交车是开往阿佐谷的啊。"

"好像是呢。"

"我们刚才是从反方向来的,应该是开往目白的吧。"

"是的。"

"说到目白你没想起什么来?"

"关山秘密侦探社是在目白附近吧。"

田岛瞪圆了眼睛瞅着久野。

"这一来,三起案子是不是好像就能连起来了?"

"怎么连?"

久野闷闷地说。

"应该有什么关联的。接下来去目白吧。"

"似乎有必要了解一下国安敏子为什么去了关山那儿。先去国安家看看吧。"

两人急匆匆走向公交车站。

10

两个人来到国安家,门上新贴着一张写有"服丧中"的纸。敏子的母亲出来迎接。她是一个小个子、胖胖的妇女,脸颊红润。男主人出门了不在家。

"我们已经知道敏子为什么会委托秘密侦探社调查,可是我们想知道她为什么会找到关山那儿。敏子为什么会去那一带,是专门去找关山的吗?"

久野问道。

"敏子有朋友住在那边。大概是去找她那位朋友,才知道那家侦探社的吧。"

"那位朋友住在哪里,叫什么呢?"

"是一个叫鹿岛笃子的人。具体哪一带我们不知道,不过她好像开了一家裁缝店。"

"这样啊。她们是什么关系的朋友呢?"

"我家孩子之前也去学习过裁缝,两人是那个时候认识的。"

"关于那位朋友您发现什么特别的情况了吗?"

"这个——没啊。"

妇女放在膝盖上的手交握着,显得很茫然。

两人离开国安家,翻查电话号码簿查到了裁缝店的地址,随即前往目白。

推开裁缝店的玻璃门询问,笃子拨开工作间里面深红色短挂帘出来了。看到她高大的身材和像男人一样略黑的宽脸,久野感受到了一种与这次案件任何一个相关人士会面时都没有感觉到的东西。那是一种沉重的悲伤在心底静静沉没下去的感觉,但是他不知道为什么会有这种感觉。

"你是鹿岛笃子吗?"久野问道。

笃子静静走上前来。久野给她看了警察证。笃子细长的眼睛定定地看着。

"有什么事吗?"

"关于国安敏子,有点事想问问你。"

笃子的视线飘向背对着他们踩缝纫机的两个女孩子。

"那请进来说。"

笃子往里面走去。两人脱下鞋,踩上铺着木板的工作间,跟在笃子身后。等进了铺着榻榻米的房间,笃子关上了隔扇的纸拉门。

"你知道国安出事了吗?"

久野问道。

"知道。"

笃子回答。她硬邦邦的眼神交替看着两名刑警。久野问问题的时候,田岛在房间里四下打量。榻榻米颜色陈旧。一面墙上是半高的窗户,窗户似乎紧挨着隔壁房子,所以房间里有些昏暗;另一面靠墙摆着橱柜和餐具柜,橱柜的旁边能看到通往二楼的楼梯口,还有一面应该是通往后门的纸拉门关着。

"国安委托前面那家叫关山的侦探社调查,这事你知道吗?"

"是吗?这我不知道。"

笃子眼睛微微睁大了一些。

"最近她是什么时候来的?"

"已经是半个月之前了。"

"她来干什么呢？"

"好像没什么特别的事儿，可看起来心情不太好。"

"是因为男人吗？"

"嗯。"

笃子视线朝下，点了点头。

"她跟你说了什么？"

"说自己的男人好像会被部长千金抢走。因为对方是部长，男人反正没法拒绝，但如果那位部长失势的话就另说了。我想到什么都顺嘴跟她说了。"

"你说的？"

"是的。是我说的。"

"你建议她找侦探？"

"嗯。不过我倒也不是当真说的。因为是别人的事，所以随便想到什么就说了，而且我不知道那地方有侦探社。"

"你当时不知道有一家关山侦探社吗？"

"现在也不知道。"

"不是你告诉他的？"

"当然不是。"

久野闭上嘴低下头，从口袋里缓缓拿出烟，点着了火。笃子一直盯着他的手。

"那是什么时候的事儿——"

久野吐出一口烟，抬起头问。

"记不清了。"

笃子像是难以启齿般回答。

"那时候国安去了哪里,见了谁,她没说这些吗?"

"不知道,我想她应该没提。正好我工作也很忙。"

"没发生什么不寻常的事吗?"

"没。"

笃子答道。

久野抓起烟和火柴收进口袋。

两人离开笃子的店,走回车站方向。

"顺便去关山那儿看看。"

久野说道。两人从大马路拐进小巷,电影院的招牌马上映入眼帘。

"如果不是有人告诉她就找到这里来了,这不对啊。"

田岛说。

"我也这么觉得。"

久野回答。

"如果不是特意走到这前面,是看不到这家侦探社的招牌的。真是怪了。不是鹿岛告诉她的吧?"

"那她为什么要隐瞒?"

"是啊。"

上楼到侦探社,关山正在和一个戴着浅褐色太阳镜、面色发红的中年男人谈得热切,两个人几乎都趴到了桌子上。

"打扰了。"

久野说。

"嘿。"

关山直起身子精神地回答。

"又是国安敏子的事吗？"

"是的，她是几号来这里委托你调查的？"

"请稍等。"

关山从书架上抽出一册文件。

"我看看，是这个月十三号。"

久野点点头，拿出自己的笔记本翻着，然后看向田岛。

"是十三号吧，樋口搞出交通事故的那天？"

田岛看着久野静静地说。

"是呢。"

"走。"

两人离开了。

"这次要去哪儿？"

"去查户塚十三号那天干了什么。"

"然后呢？"

"还不知道，要查了才明白。迄今我们一直致力于调查被害人遇害那天做了什么，但十三号那天做了什么还不清楚。"

两人推开拥挤的人群，大步向前走去。

11

两人首先去了公团。课长背对着墙,拿烟的那只手的手肘支在桌上,正在看什么资料。等刑警走到面前,课长抬起了头。又来了——他那如同干燥的沙子般毫无润泽的脸像是在这样说。

"这个月十三号,你知道户塚做了什么吗?"

久野直奔主题。

"不知道——这事儿我不太清楚。我们这里并不会让每个人写工作日记。"

课长慢慢伸手,把烟灰敲落在桌边的烟灰缸上。

"他来上班了吧?"

课长目光投向远方,拿烟的手微微动了一下,等一名女职员走过来,他说:

"把出勤簿拿来。"

女职员拿来一本封面很厚的出勤簿,课长对着久野二人有些做作地单手翻开。

"来上班了。"

课长被烟熏黄的手指在盖章的一列滑过。

"只知道他来上班了。我不记得有什么特别的事,所以应该也没什么特别的。"

课长把桌子上的日历翻回去看了看,马上翻了回来。

他挺起胸看着两名刑警。因为股长及课员的死,动辄要接待刑警来访,看来这已经给他造成了困扰。何况他对他们为什么会死大概也没有多大的兴趣吧。那是别人的事。

久野和田岛离开了公团。

"去那家酒吧看看吧?"

"是户塚去过的那家吗?"

"是啊。"

"去那儿的话时间还太早了,没开门哦。"

久野看了看手表,还不到四点。

"去喝点东西吧。"

两人进了路边一家咖啡店。

"似乎觉得有一点收获呢。"

田岛瞅着杯子里的咖啡说道。

"十三号发生过什么事——偶然间……"

"是偶然吗?"

"我觉得是。正常生活下去的话,左右命运的偶然因素比较多。"

久野透过挂着蕾丝窗帘的窗户看着马路喃喃说。

"人太多了。大家在交叠重合中生活着,谁也不知道会发生什么。"

"但是,因此就被杀掉也受不了啊。"

"是受不了。可是每天都有一些人出于偶然的原因被杀。"

"交通事故死者人数为零的日子也不多呢。"

久野把杯子放在托盘上,从口袋里拿出笔记本。

"在川岛医院去世的人里,应该有人死于道口事故。"

他翻着笔记本。

"喂,去那边看看吧?"

"哪儿?"

"阿佐谷那边。"

"都到这儿了,先把酒吧解决了吧。"

久野把笔记本收进口袋里,端起杯子。

"久野喜欢喝咖啡吗?"

"不——我也不知道。"

久野啜着杯子里已经冷掉的咖啡。

"我喜欢吃拉面。"

田岛边从桌子下面扯出报纸边说。

"公团的那位课长让人感觉很不舒服。那种人才能成功啊。"

"大概是吧。成功的人,被杀的人。各种不同的人。"

"我们既不会成功,也不会被杀。"

久野像是嘲讽般从鼻子里发出一声嗤笑。

两个人来到位于桥边的酒吧。无人的柜台对面,惠子正在用便携的化妆包补妆。

"欢迎光——哎呀……"

"十三号那天户塚来了吗?"

"十三号?"

惠子啪的一声合上便携化妆包,丢进手提袋里后把手提袋放到了柜台下面。

"就是十三号。"

惠子像是慢慢回想起来了,脸上的笑容一点点扩大。她在笑容扩大到一定程度的时候止住笑,对着久野点点头。

"怎么了?"

"他来过。"

"然后?"

"之前我说过了,那人让我替他写一封信。那天——不,早上。"

"十三号的早上吗?"

"第二天早上。"

"就是说十三号晚上你们在一起?"

"有什么关系吗?"

"没关系。他是几点到这儿来的,来之后又做了什么?"

"晚上快十一点的时候来的,关店之后我们一起回去的。"

"到早上为止你们一直在一起吧。如果不是那样的话你也不会记得,大概那之后都没有类似的事情了吧。"

惠子紧紧闭上嘴,只剩眼中的笑意。

"户塚从哪儿过来的?"

"好像有人请他吃饭。喝了不少,不过看脸色稍微清醒了一点儿。"

"你知道是哪儿吗？"

惠子吐出一口气，看样子打算为了刑警们多少要想出来一点儿。

"是哪里我没去过，不过过了桥的那边，好像有一家叫小泉的饭店。他说过经常会去，所以可能是那儿。"

两人离开了酒吧。

小泉的老板娘听了刑警的要求，拿来一本 B4 笔记本坐到了玄关。她从怀里掏出一副圆圆的银框眼镜戴上。

"嗯——十三号那天，来过。"

"大概几点来的？"

"嗯，那天啊——"

女老板把眼镜放进眼镜盒，收入怀中。

"那天是我最后一次见到他吧——真是出了好大的事儿啊。那天啊，他来得挺早，大概是六点吧，十点多走的。"

"他跟谁一起吗？"

"是 T 钢管一个叫野村的人。"

"他们是一起回去的吗？"

"不是呢。那时候野村来得晚一点，然后先一步走了，一副挺着急的样子，还拿着一个包装得很漂亮的大箱子，说是什么礼物。我想起来了。"

"就是说户塚六点左右来这里，一直在这儿待到十点多才回去对吧?"

"是的。"

久野对着田岛做出一副"那又怎么样呢"的表情。

"T钢管就是二课那帮人说的那个吧。"

久野点点头。

"还抓不到什么东西?"

"是啊,因为两个人都死了。"

"也就是正合他们意。"

"谁知道呢。"

"去T钢管看看吗?"

"不知道还在不在?"

久野看看手表。

"可能还有人在。不行就问家住哪儿——"

"那个——"

老板娘插话道。

"他在哦。"

"谁?"

"T钢管的课长。"

"在这里?"

"是的。要叫他过来吗?"

"麻烦了。"

"不过请别说是我说的。他可是从很早以前就经常光顾的重要客人。"

"知道了。"

老板娘让两人进了收银柜台里面,自己带着T钢管销售课课长过来了。那是一个体格健壮、刚上年纪的男人。

"抱歉,正在忙的时候打扰您了。"

久野微微低了低头。

"不不——"

销售课课长的声音粗重嘶哑。

"我们了解到这个月十三号您公司的人和那位被杀害的户塚来过这里。这点我们已经知道了。是为了什么事呢?另外姑且说一句,我们是一课的人,只负责杀人案,所以能请您知无不言吗?"

"哦——是怎么回事呢?"

课长看向老板娘。

"那个啊,和野村——野村好像另外还有什么事儿,可还是勉强挤出时间过来了。"

"哦哦,哦。"

课长像是明白过来般点点头。

"那个啊,是户塚打电话给我们公司的野村,说有什么事要谈,让他马上出来。他说他在这里等着。可事情很突然,野村也挺为难,他本想回绝的。这话在你们面前说不太好,不过要是回绝了怕会出问题,他就不情愿地过来了。"

"找他有什么事呢?"

"不知道。应该没什么事儿吧,工作上的事在机关里也谈完了。"

"就是什么事都没有吗?"

"这个啊,野村那之后就不来上班了,一个星期前寄来了辞呈。具体的事我也不知道。"

"啊,真的辞职了啊?"

老板娘惊讶地说。

"为什么会辞职呢?"

久野问道。

"不知道啊。因为很奇怪,我也想去野村家看看,可每天都像这样忙忙碌碌结果就没去成。"

"野村家在哪儿?"

"在阿佐谷。"

久野从口袋里拿出笔记本,翻开一页。

"是叫野村作次郎吧。"

"是的。"

久野回头看向田岛。田岛像是吓了一跳般看着久野。

"走吧。"

久野站了起来。

12

　　两名刑警在阿佐谷站下车后,在昏暗的住宅区里向前走。他们要找的是一间被灌木篱笆围着,在这一带算中等的房子。紧挨着灌木篱笆的石门有一个西式风格的玄关。但是,从外面能看见的墙壁及窗户、屋檐这些结构全都很陈旧,而且有种没有认真打理过的感觉。大概到战争前是个挺不错的中产阶级家族,房子也是那个时候建起来的吧。在那之后似乎突然衰败了。

　　敲过门,过了一会儿玄关里亮起幽暗的灯光,响起打开门锁的声音。

　　开门的是个女人。她上半身很长,穿着褐色毛衣、黑色长裙。头发没有油光,颧骨高耸的脸上也没有化妆的痕迹。年龄过了三十。

　　"有什么事?"

　　她的声音仿若缝隙间吹过的风一般干涩低沉。久野出示了警察证。

　　"野村作次郎在吗?"

　　"不在。"

　　女人用平板的声音回答。

　　"他去哪儿了?"

　　"不知道。"

"几点出去的？"

"已经一个星期左右了——葬礼完了之后就不在了。"

"你是野村的家人吗？"

"不是。他租住在后面的一间小屋里。"

"能让我们看看吗？"

女人回话很不利索，可不像是在思考什么，倒更像什么都没思考。

"从那边能过去。"

女人动手比画出在房子外绕一圈的动作。久野二人向那边走过去，女人缩回玄关内，锁上了房门。

院子里好像种了不少各种各样的植物，但太黑了看不清楚，也不像有人打理过，都杂乱繁茂地自行生长。房子后面离后门很近的地方，有一个像是用仓库改建的矮小屋子。后门打开，女人出来了。

"这里。"

女人站在玻璃门前说道。小屋像是一团黑暗般寂静无声。

"能进去吗？"

"啊……"

女人喃喃道。

田岛伸手在玻璃门上轻轻一推，门就被推开了。田岛有一个小手电筒，他用手电筒一照，看到面前是狭窄的土间，有一个踏板，土间上方的障子门关着。田岛打开了障子门，里面打着旋儿的黑暗仿佛猛然喷了出来。

田岛脱了鞋进去,打开了电灯。这是一个陈旧的六帖大的房间。久野站在土间向内窥视。田岛打开了连着另一个房间的纸拉门。小屋只有这两个房间,空荡荡的,一股潮气,好像没摆多少家具。

"他去哪儿了你一点也不知道吗?"

久野向女人问道。

"嗯。他什么都没说就走了。"

"他跟你是什么关系?"

"他跟我姐姐结过婚。"

"结过婚?"

"姐姐前段时间死了。"

"不好意思,你的家人呢?"

"父亲还没下班。"

"其他人呢?"

"只有我和父亲。"

背靠黑暗站着的瘦高女人,身体附近仿佛缠绕着冷冷的风。

"野村没有别的亲戚了吗?"

"有一个妹妹。"

"在哪里?"

"在目白。"

"目白?"

"开了一家裁缝店。"

"是叫鹿岛笃子吧?"

"是的。"

田岛急忙回到土间。

"野村最近遇到过什么不寻常的事情吗?"

"他的孩子死了。"

"我知道,那之后——"

"孩子死了,就没有更多的事情了。他变傻了。"

"是吗,打扰了。"

久野向着门口走去。田岛边追在后面,边回头看了女人一眼。女人像个黑色棍子般站在那儿。

"再多找一下也许会发现什么的。"

田岛说。

"算了,也没有搜查令。况且只有一个女人在家。而且,我觉得裁缝店的女人知道得会更多。"

13

裁缝店的工作间还亮着灯。两个刑警走近挂着窗帘的玻璃门,看见笃子一个人在里面工作。久野弯起手指轻轻敲了敲玻璃,笃子反射性地把脸转了过来。

她把手里拿着的布料放到台子上，静静地站了起来。她好像还不知道是谁在敲门，脸上浮现出不安和不解的表情。这神色对她而言非常有女人味。

来到门边时，她透过窗帘的缝隙认出了久野，眼睛静静地张大了。

"请开下门。"

笃子动作缓慢地取下门上的挂钩。久野推门而入说：

"野村作次郎在吧，你的哥哥？"

笃子瞅着久野的脸。仅短短一瞬间，她像傻了一样，表情从脸上消失了。那和刚才站在黑暗中的瘦高女人不可思议地相似。

"他在哪儿？"

笃子目光动了一下。

"是在二楼吧。让我们见一下。"

两位刑警脱了鞋。

"请等一下。"

笃子突然急切地提高了声音。

"你们有搜查令吗？"

"没有。"

"那你们不能随便进我家。"

"所以我们在请你配合。你以为现在这个情况下我们一声不吭地回去了，之后的事情就会如你所愿吗？"

笃子盯着久野。久野紧紧抿着嘴,嘴巴两边和下巴深深的皱纹留下了阴影。

"他不在。"

过了一会儿,笃子小声吐出一句。

"你说谎也没用。"

田岛的声音像是生气了。

"他不在,他出去了。"

笃子用同样的语气重复了一遍。

"什么时候?"

"今天,你们来过之后。我也不知道他什么时候出去的。"

"那他当时是在二楼了?"

"是。"

"该死——"

田岛瞪着天花板。

"他有可能去什么地方?"

久野问道。

"我不知道。没地方去吧。"

"他有什么体貌特征?"

久野向笃子询问了野村的外貌之后,借用店里的电话联系了本部。他跟在本部的主任警部报告了今天的事,并请他紧急安排寻找野村作次郎。

"他很有可能自杀,找人的时候请把这点放在心上,拜托了。"

他最后加了这么一句。笃子盯着久野，目光就像看到了什么可怕的东西一样。

放下话筒后，久野说：

"好了，跟我们说说。"

"说什么？"

"说十三号那天发生了什么事。你应该知道吧。快说。不快点的话就来不及了。"

笃子的脸像是抽搐般丑陋地扭曲着。

"野村的老婆也死了。"

笃子单手抚着额头，仿佛精疲力竭般坐到了旁边的椅子上。

"运气实在太不好了。"

"运气怎么不好了？"

"他们夫妻二人是两手空空从中国东北撤回来的。吃了不少苦，终于在十二三年前进了现在的公司。那个时候公司还很小，工资很低，生活得很困苦，但即使这样公司也一点点有了起色，后来还有了孩子，他们可能觉得生活终于走上正轨了。"

笃子扬起盯看水珠图案布料的视线，投向久野。眼中有着怨恨的神色。

"结果他太太死了？"

笃子点点头。

"那是一场荒谬的事故。他太太傍晚出去买东西,正走在人行道上,被卡车撞了。卡车司机开着车睡着了,据说他三十六个小时没睡了。嫂子她什么过错都没有,仅仅是因为不知哪里有个被要求连续工作三十六个小时的司机,就丢了性命。人会在什么地方出于什么原因死去,真的是无从预料。"

笃子呆呆地望向远方。

"那是以前的事了。十三号的事跟那有什么关系吗?"

"没有什么直接关系,不过又发生了同样的事情。十三号那天是洋子的生日,哥哥跟洋子说好了要买她一直想要的能换衣服的娃娃,然后带她去看她一直想看的儿童电影。可是哥哥那天没能按时回来,因为工作上打交道的公团的人打来电话说无论如何都要见一下。哥哥好像想拒绝,可是那人生气了,说了些刁难的话。如果那个人使坏,那公司好像就会有麻烦,这哥哥也很清楚。没办法,他只好去找那人。那天洋子来我这里了,所以哥哥给我打电话说要晚过去一会儿。说下次会带她去看电影,娃娃也已经买了。

"结果去了一看,叫他过去的人也没什么大事,好像就是想喝酒才叫他的。可毕竟是晚了。这时我的朋友过来玩,我跟她说了很多话。她说想去看电影,我就拜托她如果可以的话带孩子一起去看。

"但是我的朋友那时候脑子里装的全是别的事情，担心男朋友会不会被人抢走。她把孩子领出去，中途又改变了主意，丢下孩子一个人。正常人不会这么做的吧。如果实在有事，也会把孩子送回这里来吧。更糟的是她还给了孩子一百日元。那孩子家到这里坐公交车不用转车。洋子平时都是坐公交车往返的。我正好工作也特别忙，没空管她。可能她想着反正也不能跟她爸爸一起看电影，突然想回家了吧。正好电影院的小巷入口有个公交车站。

"洋子直接自己一个人默默坐上了公交车，她大概很孤单吧——"

笃子的声音猛然断了，好像是累了，盯着自己放在布料上青筋暴露的手。

"之后那辆公交车发生了交通事故。"久野说。

笃子点点头。

"明明身后有公交车，可只考虑自己的事，不管不顾地停车，那三轮车的司机也够鲁莽的了。我觉得真是胡来。可别人几乎都只受了皮外伤，只有洋子好像坐在最后一排，不知被公交车里的什么东西撞到了，狠狠撞在肚子上。这也是运气不好的事情。

"她被送到了就近的医院，可值班的是个年轻医生，没法好好诊断病情。他找住在医院后面的副院长帮忙，可那位副院长不喜欢那个年轻医生，就拒绝了。虽说打电话叫别的医生过来,可到底是迟了,洋子死了。因为那些情绪上的事情对濒死的病人见死不救,这医生也太过分了吧。被送到有那种医生在的医院,洋子真是个运气特别不好的孩子呢。"

久野重重坐到了旁边的椅子上。

"所以他把造成这个结果的四个人一个一个找出来杀掉了啊。"

"你觉得他是个很可怕的人吗?"

笃子向刑警们投去虚弱的目光。

"不过,我理解哥哥的心情。哥哥不是那么坏的人。太太被杀,这次孩子又被杀,哥哥已经什么都没有了。哥哥自己也想去死吧。不过在死之前,他想做些什么。"

"报仇吗?"

笃子偏了偏头。

"也许是报仇吧,可我想谁也不知道他是不是对那四个人都怀有仇恨。硬要说的话,他恨这个世界。恨这个妨碍一个平凡的人好好活下去的世界——他可能想对这个世界上的某样东西表达自己的恨意吧。"

久野闭着厚厚的嘴唇,边偷偷打量笃子的侧脸边闷闷地听着。他脸上的表情说不准是对笃子所说的话没感到任何共鸣,或者虽然对笃子想表达的心情极为理解,却又觉得那些不过是到处都有的无聊哭诉。

"你是什么时候知道的?"

笃子重重吐出一口气。

"是什么时候呢？哥哥出席孩子的葬礼，说实在没法回到跟孩子一块儿生活过的地方去了，就来我这儿了。他好像不想让任何人知道自己在这儿，每天都出门到深夜才回来，脸上的感觉也变了。我什么也说不了。不过我想过跟敏子说一声的。要是她没把孩子丢下，那孩子就不会死了。本来其他人也是一样。要是公团的人没找无聊的借口硬把我哥哥叫出去，或者自动三轮车的司机有最基本的公德心，又或者医院的副院长是个心胸宽广的人，那孩子就能得救了。可是我不知道别人的事情，只想着跟敏子说一声。可我哥哥阻止了我，说绝不能跟她说。从那个时候起，我就能感觉到哥哥在琢磨什么。我什么也没说。不过看到哥哥晚上悄悄回来钻进被窝的样子，我觉得有些害怕。而那天，哥哥不在的时候，我看到了那个——"

笃子突然像是畏寒般肩膀僵硬起来。

"你看到了什么？"

"我想给他洗一下脏衣服，就打开哥哥放在橱柜里的旅行包，结果那下面放着洋子死的时候穿着的红色外套。仔细一看，衣服上到处都是破洞，还染着血迹。洋子死的时候，并没有任何外伤——"

14

仿佛一口煮沸的大锅般的城市终于快要睡了。所有的声响都变得遥远，像是即将睡着的巨人的呼吸。

野村走在一条窄路上，路下面是悬崖，那里铺着几条铁轨。前方能看到小小的红绿灯的颜色。野村的脚步就像走过极长一段路的士兵般，发出拖拖沓沓的声音踩在土地上。

他右手弯在胸前像是抱着什么，目光投向远处黑暗的天空，脸上仿若之后还要翻越好几座山川的旅者一样，没有任何表情。

他不断前行，终于从背后传来铁路的轰鸣。他停下脚步，静静回头看向声音传来的方向。虽然还看不见踪影，但应该是深夜穿过山麓的货物列车。

他仿佛累了一般张开嘴，边呼气边靠近悬崖边。悬崖边没有护栏。他像是在思考什么，微微侧着头，入神地听着开近的列车声音。

"洋子——"

他用嘶哑的声音低喃。

列车发出拖着沉重东西一般的声音渐渐接近。野村眯起的眼睛里浮现出黑色的热切神色，那光芒如同在黑暗中伏击猎物的野兽。

看到了蒸汽列车黑色的圆形车头，还有喷出的强劲白烟。

野村看准车头，身体前倾，像是在做准备。

喷出来的烟渐渐接近。野村的眼睛一点点紧随着那白烟移动。烟飘到道路的高度，蒸汽列车逼近到了面前。野村像是一头发怒的野兽般挥着手臂跳了出去。

列车发出沉重的轰鸣开了过去。野村一动不动的身体倒在铁轨旁边的阴沟边缘。远处照过来的光透过货车的每一节车厢连接处，让他的身影忽明忽暗。他的右手紧紧握着一件小小的红色外套，外套里包着一个硬邦邦的圆形物品。

长长的货物列车像是什么都没注意，在他身边发出规则的声音开了过去。最后一节车厢过去之后，铁轨上的声音变小，红色的尾灯渐渐远去。

获奖感言

得知获奖的那一天

头一天晚上，东京一带罕见地下了雪，早上积了白茫茫一片。

"正好跟二二六事件时一样呢。"

公司里上了年纪的人这样说。

十点左右，我和同事一起坐车前往位于横田的施工现场。到达的时候正好是中午。

我们是去测量计算喷气发动机试运行室的建筑构造会受到喷射流怎样的影响。安装好测试装置，启动发动机的时间是十六点九分。

发动机稍作休息之后渐渐提高了推力，最终达到最大输出功率。像座塔一样的四方形水泥建筑仿佛被高温魇住了一样在颤抖。在不断传出的记录纸上，表示震动的指针疯狂地跳跃。

我们看着这些惊叹道：

"好家伙，这可真了不得啊。"

日头已经西斜，下起了细碎的小雨。我们在计量器械上盖上黑色的雨衣，望着转动的指针。

紧邻旁边的机场有喷气式飞机起降。飞机上天的时候，喷气发动机的补燃器向暮色之中喷出粉色的火焰，那火焰呈现出明暗相间的漂亮横纹。

我不知道为什么会出现横纹，呆呆地想那或许跟建筑物受到的震动有关系。

工作结束后，回到家已经是晚上十点左右了。玄关处用大头针钉着一张画纸，上面是孩子的字迹：

"爸爸，祝贺你。"

我马上反应过来这是在说俱乐部奖的事，心想这太好了。

那天晚上，我跟妻子说了很多话，怎么也睡不着。

那之后过了四五天，到了现在我的情绪极为消沉。这也许有不得已接受急性子的记者们采访及报纸上写了很多私人的事情，还有自己说出来的话语成了意思奇怪的文章等原因。

大概还有一种那之后，或者说这以后，不能写太奇怪的东西的心情也在其中作祟。

但是，这些东西最终都会流逝。我想以我自己的节奏，写我自己能接受的东西。如果可以的话，也想稍微提高一下质量。

最后，要向从我开始动笔的时候就经常关照我的江户川老师致以衷心的感谢。如果没有老师的帮助，我现在应该不会写小说。

对很早开始就鼓励我的中岛、渡边剑次、岛田以及其他各位致以谢意。并且感谢一直勇敢地将我的文章变成活字的各位出版业同仁。

本文出自《侦探作家俱乐部》175号

（一九六二年四月一日）

人世间

推理小说是享受谜题的文学。那谜题大致上都是由一个人——也就是凶手——制造出来的。

不过有一次我想：这个世界上生活着很多很多人，一个人分别跟很多不同的人有联系，而那些人，在生活中又和很多不同的人产生了联系。如此一来，几个互相之间没有关系的人做的事组合起来，也许会导致在某个特定的人身上发生悲剧。于是，我写下了这部作品。这种情况下，当事人是不知道事情为何会这样的，也就是说会产生谜题。

但是认真想一想，不管结局会不会成为悲剧，世上的事情难道不都是这样发生的吗？其实我身上也有这样的事情。

我最开始写《犯罪现场》的时候，是因为自己有想写的意愿而写的。但是写不出下一本来，又看到一同获奖的山田风太郎等人活跃在文坛，就莫名承认自己没有才华而停笔了。而再次开始动笔，比起自己的意愿，更多是因为很多人的关系。

虽然是些私事，但我想是可以作为这个作品的后记写下来的，所以写在了这里。

事情是从大学的建筑材料学教授浜田稔教授——使用取自火山的浮石制造轻量水泥进行研究一事开始的。那是昭和二十年代（十九世纪四十年代）的事情了。日本有很多火山，而浜田老师的研究主要用的是浅间山、榛名山、大岛等的浮石，除了浜田老师以外，另外还有几位研究者。在他们研究论文的基础上，建筑学会制作了轻量水泥的标准规格书，也有了用此建造的建筑。

浜田老师用的是浅间山的浮石。为了调查，他经常去轻井泽。轻井泽有一个叫星野的温泉旅馆，现在名字略有变动，可那里作为副业也经营浮石。老师经常入住那家旅馆。

接着要说的是那家旅馆。旅馆里有一位适婚年龄的女性，她和老师熟悉起来后，请求老师帮忙找合适的对象人选。这在当时是常有的事。

然后还有一件事。星野旅馆在东京的西池袋有一块四百五十坪的土地，据说是战争刚结束的时候买下的。为什么轻井泽的旅馆会买下那里的土地呢？

这完全是我的想象，不过政治家和实业家在轻井泽都有自己的别墅。星野当时的主人似乎相当善于社交，跟那些人都有所往来。也许他因此得知一些消息，或许有人建议他"现在买下较好"。在这件事上重要的一点是这些全都是偶然，可那块土地毗邻江户川乱步老师的家宅。

接下来要说的是我的事情。

我是战时的昭和十七年大学毕业的，工作单位是位于中国东北地区的伪满洲国的大陆科学院。不过我刚一毕业就被送进了军队，并没有真正上班。不管怎么说随着日本战败，这份工作也没有了，我失业了，就去找大学商量。

那时在大学里，浜田老师负责指导毕业生就业，我在老师的推荐下进了住宅营团。所谓营团，类似于现在的公团，也有其他的营团，但这被占领军总司令部（GHQ）认定为战争协力团体而解散了。在该营团期间我写下了《犯罪现场》，后来写不下去了也是在该营团的时候。

总之因为营团解散了，我和那儿的前辈一起转到了民间的建筑公司，接着在八户的美军机场基地，以及北海道夕张的炭坑住宅建设现场工作，工作内容是煤炭增产，这对战后的日本复兴极为重要。我的工作是结构计算。因为我的毕业论文得到了结构学专业武藤清教授的指导，所以刚毕业也能做这份工作。但是那些结束之后要一边计算资金，一边进行现场施工，这些我全不会，便辞掉了工作回到东京，又靠着前辈进了那时候刚成立的特别采购厅。那是给占领军服务的地方。

记得应该是回到东京之后没多久的事情，有一天浜田老师的太太打电话到我的公司找我。

"听说你还是单身。到我家来一趟吧。"

这就是电话的内容。

我后来无论是个人还是在工作上都受了浜田老师极大照顾，可那个时候还只不过是一名毕业生，与老师没有更深的交往。因为当时不像现在有毕业生名册，老师的太太居然知道我在哪儿，让我觉得挺神奇的，可也没特意去追究。

接下来的事在别的地方我也写到过（《飞鸟高侦探小说选Ⅲ》中收录的采访，论创社出版），在浜田夫妻的介绍下我跟星野温泉家的女儿结婚了。因为那个时代还不能马上住进出租房或公寓，所以在乱步老师的隔壁，也就是星野的土地上对一间仓库小屋加以改造住了进去。在那里成了家之后，我经常看到乱步老师的妻子隆太太跟内人聊天，她也会通过内人劝我继续写点什么。因为我本来也喜欢这条路，于是又开始执笔写小说。

事情的结果就是这样，可中间也有衔接不上的地方。比如为什么浜田老师的太太会打电话给我呢？"听说"是听谁说的？我想搞清楚这些事情，试着唤醒了七十年前的记忆。

记忆中出现了我的两个朋友。一个是我的战友，另一个是我的大学同学。这两个人之间没有任何关系。战友是一毕业就接受战时速成教育的飞行员幸存者，我在东京有来往的人有几个，他就是其中一个。采访里我也说了他的名字，叫汐泽隆。

从北海道回来后，我暂居在写下《犯罪现场》的根岸的寺庙里,但总不能一直在那儿打扰,便开始寻找去处。

而汐泽君说"要是没地方去就来我这儿",让我跟他一起住在他租的房子里。用现在的地名来说是在文京区大塚五丁目那一带。要说他为什么会住在那里,那是因为他是拓殖大学的毕业生。拓殖大学到他住的地方直线距离为九百米,当时旁边还有路面电车运行,而且那个距离走路也能到。我猜他可能是进入社会也依然想住在自己从前就熟悉的地方吧。

不管怎么说,这个地方在这件事里非常重要。如果他是庆应大学的毕业生的话,也许这件事就不会发生了。

之所以这么说,是因为从那地方走路几分钟就到了我另一个朋友的家。他已经去世了,就叫他 K 君吧。我记得大概学生时代我就知道他家在哪儿。他家里干的是涂装业,他继承下来。我回到东京后,马上和他开始彼此走动。

他让浜田老师帮他修改过毕业论文。但是一般人的话,毕业之后不会还在老师的私人住所出入。他喜欢打麻将,这是我后来知道的,浜田老师也喜欢打麻将,喜欢到了彻夜不休的地步。K 君是时间比较自由的人,经常被叫去浜田老师家里陪着打麻将。

当有人托老师找结婚对象时,他大概边打麻将边问过 K 君"喂,你朋友里有没有合适的人",于是 K 君就提到了平时有交往的我。我现在的情况啦,在哪里工作啦。这么一来,"听说……"这样一通电话就打到了我这里。

上述事情简单说来，就是我有两个朋友，一个人是拓殖大学的毕业生，一个人喜欢打麻将，所以我才会继续写小说。

只把这一部分拿出来，听起来是很奇妙的事情，可人世间的事情也许就是这样，在本人所不知道的地方如此随风而动。

本文出自《细红线》（论创社，二〇二〇年二月出版），作者新写

"HOSOI AKAI ITO" by TAKASHI ASUKA
Copyright © 2020 Takashi Asuka
All Rights Reserved.
Original Japanese edition published by RONSOSHA Ltd.
This Simplified Chinese Language Edition is published by arrangement with RONSOSHA Ltd. through East West Culture & Media Co., Ltd., Tokyo.
Simplified Chinese edition copyright: 2022 New Star Press Co., Ltd. All rights reserved.

图书在版编目（CIP）数据

细红线／（日）飞鸟高著；穆迪译．－－北京：新星出版社，2022.2
ISBN 978-7-5133-4714-3

Ⅰ.①细… Ⅱ.①飞… ②穆… Ⅲ.①侦探小说－日本－现代 Ⅳ.①I313.45

中国版本图书馆CIP数据核字(2021)第261484号

细红线

[日]飞鸟高 著；穆迪 译

责任编辑：王　萌
责任校对：刘　义
责任印制：李珊珊
装帧设计：Caramel

出版发行：	新星出版社
出 版 人：	马汝军
社　　址：	北京市西城区车公庄大街丙3号楼　　100044
网　　址：	www.newstarpress.com
电　　话：	010-88310888
传　　真：	010-65270449
法律顾问：	北京市岳成律师事务所

读者服务：010-88310811　　service@newstarpress.com
邮购地址：北京市西城区车公庄大街丙3号楼　　100044

印　　刷：	北京美图印务有限公司
开　　本：	910mm×1230mm　1/32
印　　张：	7.875
字　　数：	136千字
版　　次：	2022年2月第一版　2022年2月第一次印刷
书　　号：	ISBN 978-7-5133-4714-3
定　　价：	48.00元

版权专有，侵权必究；如有质量问题，请与印刷厂联系调换。